新加坡國家圖書館出版品預行編目 (CIP) 資料

National Library Board, Singapore Cataloguing in Publication Data
Name(s): 小寒.
Title: 食荒人: 一個關於垃圾食物變成高級料理的故事 / 小寒 文 / 圖
Other Title(s): 一個關於垃圾食物變成高級料理的故事 | 玲子傳媒. 心书; 334
Description: 初版. | Singapore : 玲子傳媒私人有限公司, 2022.
Identifier(s): ISBN 978-981-4992-84-8 (Simplified Chinese) | 978-981-4856-64-5 (Traditional Chinese)
Subject(s): LCSH: Food in literature. | Singaporean fiction (Chinese).
Classification: DDC S895.13--dc23

食荒人

文／圖⊙小寒
發行人⊙陳思齊
總編輯⊙林得楠
責任編輯⊙陳敏蓉
執行編輯⊙李鑫媛／黃瑋霜
美術編輯⊙涂玉婷
排版設計⊙孫俐華
發行企劃⊙陳春輝／劉秀華／林柔柔／鄧淑嫻
宣傳企劃⊙陳文旭／陳一賢

出版／新馬發行⊙玲子傳媒私人有限公司
地址⊙48 Toh Guan Road East, #06-106 Enterprise Hub, Singapore 608586
電話⊙+65-6293 5677
傳真⊙+65-6293 3575
電郵⊙info@lingzi.com.sg
網頁⊙www.sgchinesebooks.com

中港台發行⊙秀威資訊科技股份有限公司
地址⊙台北市內湖科技園區瑞光路76巷65號1樓
電話⊙+886-2-2796-3638
傳真⊙+886-2-2796-1377
服務信箱⊙service@showwe.com.tw
網頁⊙http://www.showwe.com.tw
網路訂購⊙秀威網路書店：https://store.showwe.tw
國家網路書店⊙https://www.govbooks.com.tw

初版⊙2022年9月
定價⊙新臺幣420元
書號⊙ISBN 978-981-4856-64-5

Printed in Taiwan

食荒人

小寒 文／圖

一個關於垃圾食物變成高級料理的故事

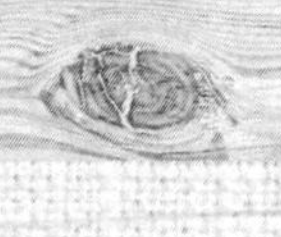
目錄

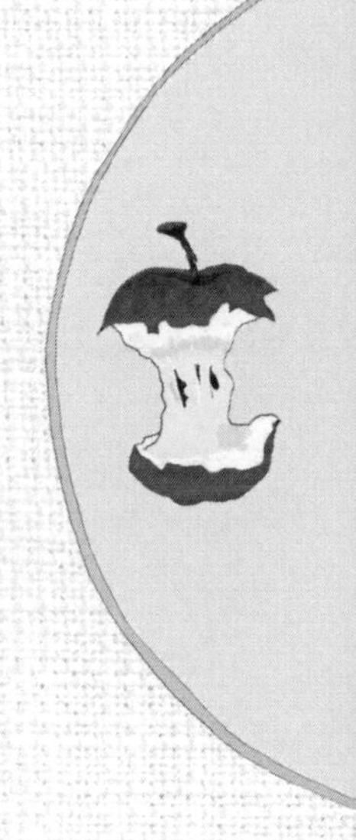

江釋懷的手捲菸

Sauver®的招牌燈終於熄了，但餐廳的燈還是亮著的。二十七歲的江釋懷坐在空蕩蕩的餐廳裡，呼出一口氣。客人終於捨得回家了。儀表堂堂的社會名人和社會名媛們居然能在這麼不舒服的椅子上坐上五個小時，真服了他們。

不過自己也挺行的。一整晚沒坐下來過，居然還未走成鐵腿。

一般上，一名服務員一晚上從帶領客人到他們座位，到他們埋單，只需伺候客人頂多十次左右：點飲料、送飲料；介紹菜式、點菜；送開胃菜、收盤；送主菜、收盤；送甜點、收盤；中間倒倒酒水、問候一下客人，累歸累，但還算人道。

但在這家餐廳工作就不同了。釋懷兩條腿一晚上在廚房與客人之間走了至少四萬步以上。雖然自己工作的這家餐廳面積不大，只有七張桌子，十四把椅子，而且*Sauver*®只有一份每日菜單，期待被菜式驚豔的客人們不得自由選擇餐點，這一環節上確實省去了點餐和介紹菜式的步驟，然而*Sauver*®偏偏和一般提供每日菜單的餐廳不一樣，提供「品嚐菜單」，一系列種類多達十四道，每一道菜的份量小得只消幾小口的料理。

餐廳只僱用釋懷這位經理和另一位兼職服務員：二十四歲的小唯。十四位客人、十四道菜……每上一道菜換一副精緻的餐飲餐具，可想而知，一個晚上下來，她就只能以「精疲力竭」這四個字來形容自己的狀態了。

~☀~

江釋懷將最後一桌的桌布放進洗衣機，設了60°C水溫，再將客人用過的器皿、杯盤都放進洗碗機裡。主廚在上完最後一道菜後，就已經將廚房的爐子、工作檯、鐵板、鍋子都刷乾淨，就差地板沒抹。明天的食材也大致上準備好了。釋懷今晚需要完成的工作算輕鬆了。

高級餐廳的客人一般比較優雅，很少會弄髒餐廳地板，所以釋懷只需用沾上清潔劑的拖把擦一擦，再用水管噴些水，抹乾就行了。

洗好的碗盤明早再整理，洗衣機有烘乾的功能，桌布明天中午前略略燙一下就行了。也就是說，江釋懷可以宣告休息了，但她沒有。

反正現在休息也沒意思，早睡的大概都已經上床睡覺了，愛玩的也都出去玩了，最後還不是一樣一個人孤零零的？

待在餐廳感覺稍微好一些。她微笑著彎下腰從櫃檯下抽出一瓶玻璃樽。那是今晚客人喝不完，留下的名貴紅酒。她抽開瓶塞，聞了聞，嗯，香味還不錯，便倒了一杯，啜飲起來。

第一口喝下時，江釋懷有些後悔。或許酒被氧化了，喝在嘴裡，舌頭接收到的第一個訊號便是「酸」，令她全身打了一個哆嗦。然後就是「澀」，令她眉頭一皺。但酒精流過喉嚨的那一刻起，她反倒慶幸自己做了這個決定。她能感覺到食道內側一寸一寸地，像是被火把燃起，隨著心臟的跳動，血液經過的每個身體部位，也跟著一寸一寸地被暖和起來。

~⁕~

城市雖已入秋，但說真的，氣候也不是特別寒冷，風也沒有格外冰涼，只不過釋懷全身流動的血液，都已處於低糖狀態，細胞燃燒不出足夠的卡路里來保暖。

若你的鼻子一整晚都被餐廳裡瀰漫著的，入夜時已經有些變質的食物味道充斥著，尤其是廚房裡油煎三文魚後留下的油煙味的話，相信你也會和釋懷一樣，肚子再餓，就算再有食慾，也提不起勁來進食。此刻的她深知，要克制飢餓的方法就只有一個，那就是使用「尼古丁」。

反正店裡沒人了，不如來根菸。

這回她蹲下身，拉出一整排抽屜最底層的一個，手伸到抽屜的最後面，摸了摸，用中指拉出一包菸草和一疊手捲菸紙。好久沒抽了，塑料袋裡的菸草絲因為潮溼而有些結成塊。江釋懷拿了個鋼鐵做的碟子，把袋子裡的菸草全倒進裡面，然後放在爐火上烘乾。她小心翼翼地，火不能開太大，因為菸草絲會一下子就著火；火不能太小，因為薰久了，還沒乾，就沒味道了。

這包菸草是馮大媽留下的，是她好幾年前託遠房親戚回老家時幫她帶回來的。就剩這些了，有錢外頭也買不到。

釋懷自認不是菸客，因為她平時對吸菸一點欲望也沒有。她將這歸功於手捲菸的菸草絲少了香精、附加品等成份，因此才沒有養成她的菸癮。但其實釋懷能吸菸的機會少之又少。她從不在屋子裡吸，因為家人的身體一直不好；她也很少在餐廳裡吸，因為一踏進餐廳就開始忙到午夜，連吃飯的力氣都沒有，誰還有閒情捲根菸來抽？

～✳～

可是今天可跟往常不同。釋懷輕輕地用拇指與食指抓了一小把菸草，放在一張薄薄的紙上，像小時候做手工一樣，輕輕地，捲了一根筒狀的菸，再用舌尖舔了舔菸紙突出來的邊邊，把菸黏好。酒色的唾液把薄紙塗上淡淡的一層深紅色，意外地給這一小根寒酸的菸添了點華麗感。釋懷笨拙地用火柴將菸點著，左手顫抖著將小紙筒放進嘴裡，深深地吸了一口。

嗯，好熟悉。菸草燃著了的味道，把釋懷帶入時光隧道，回到十幾年前自己在這裡一邊擦地板，一邊聞著從餐廳另一邊，馮大媽搖椅那裡傳來的二手菸的晚上。

釋懷就覺得奇怪，為何唯有嗅覺會產生令人身臨其境的效應？看到、摸到、聽到甚至嚐到某一種物件時，都不會像嗅到味道那樣，立即引發回憶，像個時光機一般，把你帶回第一次嗅到這味兒的那一刻。針對這個疑惑，她確實斗膽問過一位來用餐的神經專科醫生。

醫生回答說：「嗅覺是引導記憶的媒介，無須經過大腦皮層裡進行認知分析，直接將刺激傳到大腦中許多與情感及本能反應相關的腺體，例如管理情緒的杏仁核、管理長期記憶的海馬迴等等，因此嗅覺是最直接能夠操控人類本能行為和喚起情緒記憶的感官。」

雖然不怎麼聽得懂，但釋懷喜歡聽，因為這樣她就能暫時忘記自己有多接近文盲水平這個事實。在一個滿街都是雙學士、碩士、博士的城市裡，中學沒畢業就等於沒受過教育一樣。雖然這些年都有在看書，但礙於被迫輟學的自卑感，她和同班同學斷絕了來往，也和教育體系脫了節。

釋懷難免偶爾會想，當年輟學是因為家裡出事了，他們一家人被迫遷居。可是，其實後來弟弟也有上學，她是絕對有權要求返回校園的。

但她又回神想了想，要是他們姊弟倆都上學了，誰來照顧媽媽？況且母親未必有足夠的資源同時供兩個孩子上學呀。這裡學府的學費可不便宜。如果只能送一個，思想傳統的母親必定會選弟弟，因為他是家中唯一的男丁，長大後目不識丁怎麼行？在母親心裡，女兒始終都是要嫁到城外去的，以後就相夫教子，不必自己討生活，教育水平低，也不會影響生計。

「媽媽是我這一輩子最在乎的人。要是媽媽覺得我不需要繼續升學，那我就不繼續升學。」釋懷曾經這麼對母親說。母親沒點頭，也沒搖頭，就只是伸出手摸了摸她的小臉，眼底滿溢著感激，釋懷閉上了眼，努力地想記住這感覺。母女間這一丁點的肌膚接觸，來得如此難得。釋懷當下肯定，若需要這般的犧牲才能換取母親的關注，那麼少讀幾年書也值得。

釋懷至今還時不時被自己那時的「偉大」情操所感動，完全沒有考慮過，這感動的感覺久了，會不會就變成了一個不求上進的藉口？

「書沒唸完，可我在餐飲業的管理上有的是職場實戰經驗，可是許多擁有大學學歷的同齡所欠缺的，望塵莫及的！」

釋懷總會這麼安慰自己。

要拜命運與機遇所賜，沒有文憑的她能有難得的一技之長。然而這也是一個「先有雞，還是先有蛋？」的問題。要不是因為她沒有機會繼續升學，她也不可能管理這家餐廳；要是她當時沒有踏進餐飲業，她或許已經是一所高等學府的畢業生了，無需擁有實際的「一技之長」。

~ ⁕ ~

釋懷對自己的評價是矛盾的。有時她覺得學歷低的自己在尊貴的客人們面前抬不起頭；有時則覺得很自豪。雖然自己表面看上去只是一個侍應生，但她對食材與酒類的知識淵博，令不少餐館業主忍不住前來挖角。她很清楚今天她要是離開 *Sauver*®，一定會有不少餐館搶著高薪聘請她。再說，現代年輕人養尊處優慣了，誰還想從事這種透支體力又搞到自己一身髒的職業？應徵者少，競爭者更少，那麼開餐廳的老爺們，就不得不遷就自己開出的價錢。

然而，沒有文憑，就表示她沒有別的選擇，只好撿這種別的年輕人選剩的職業來當事業。這也就表示自己一輩子得在油煙味裡打轉，頭髮、皮膚、衣服將永遠瀰漫著一股食物的味道。

釋懷聞了聞袖子。對，剛才奶油香蒜三文魚酥的味道還黏在布料上，自己手臂的毛孔也似乎「飽食一頓」，抽了張紙巾擦了擦臉，嗅了嗅，哎，全都是那股味兒。再香，聞多了都會覺得是臭的。

換個味道吧。

釋懷深深地吸了一口菸，又再喝了小口酒，這次舌頭上出現了一點什麼東西。釋懷做了一個「噁心」的表情，就從嘴裡吐出那一小塊東西，用右手的無名指和拇指握著、捏碎，兩根手指來回摩擦了幾遍後，靠近一看，手指上的粉末呈片狀、褐色。這渣，不知是菸草的雜質，還是紅酒的木塞碎屑？紅酒倒得太徹底就有這個危險，會喝到酒渣，就像一個人一樣，不要挖得太徹底，其實就不會發現對方是渣。

不過說回酒，免費的，不能嫌，更何況這瓶可是2012年的拉菲古堡的年度紅酒喔。

~☀~

不夠，真的不夠。就才喝了八十毫升。但她沒有資格嫌棄，要不是剛才那位物理老教授喝醉了，開始語無倫次，影響到其他人用餐，教授太太不會急急地結帳，急著把他送回家，留下倒剩的一丁點酒沒帶走。要不然這名貴好酒，什麼時候輪到自己這番下品人品嚐？

不過客人們把酒都喝光，也不見得是壞事。江釋懷心想。

要是餐廳每晚都有剩酒，或更糟，有賣酒水，自己恐怕早已經把餐桌上和地窖裡的酒都喝完。活著時是一個酒鬼，死了也淪為一只酒鬼。

還好沒有。

然而，像鹿阱這麼一個消費指數快追上倫敦、紐約、上海等一線城市的地方，哪有不賣酒水的餐廳？除非經營者是穆斯林，不然的話，售賣酒精飲品絕對是餐廳最賺錢的專案。偏偏*Sauver*®就是如此獨特，與其指它清高，不如說它想不開。

然而*Sauver*®之所以不賣酒水，似乎內有乾坤。餐廳的宣傳稿上說，餐廳名稱叫「*Sauver*」，指的是「拯救」，而不是「*La soif*」：「口渴」，而即是一家餐廳，就應以烹煮美食給客人食用為主，通過美食賺取盈利，而不是利用售賣酒類收取利潤。不過，*Sauver*®倒也不會阻止食客自備酒類，餐廳甚至會提供食酒搭配服務。餐廳經理江釋懷小姊會依照當天的餐點預先致電給顧客，指示客人們自己攜帶某個品牌和年份的紅或者白酒來搭配當晚的菜餚。

其實江釋懷開始的時候，對配酒一點知識都沒有，沒受過什麼訓練。平時替客人配酒的知識，都是依靠書裡面教的學的。原先聽說的「紅肉如牛、羊、豬肉必須配紅酒；白肉如海鮮、魚、雞肉必須配白酒」的傳聞其實都只是傳聞。反觀，「料理越清淡，酒的顏色越淺，味道越清新；料理越濃醇，酒的顏色越深、口感越飽滿」才更正確。

江釋懷熟記這道公式，沒出過一次差錯，餐廳也沒接過一次客人的投訴。釋懷認為那是因為自己的運氣好，殊不知對於有些隨隨便便就花一兩百塊美金吃一個漢堡包的客人來說，買酒、請酒、喝酒……手裡握的不就是幾十毫升的酒精飲品而已，年份、生產地就算搞錯了又怎樣？而且這種飲料，喝的人頭幾口是會細細品嚐，但半瓶下肚之後，微醺的他們可能只剩辨別紅白酒之區的能力。對他們而言，越昂貴的酒，就一定越好。

真的嗎，越昂貴就越好？那尊貴的人呢？還是越可貴的人才更好？

物價是什麼？代價又是什麼？

釋懷想著。有錢人願意付出是物價，毫無選擇權的人，付出卻是代價？釋懷馬上就聯想到自己。

這麼多年，付出這麼多，累成這樣，為了什麼？喝客人喝剩的酒？抽死人抽剩下的菸？可是想想，自己有發言權嗎？

嗯，就算有，她也從沒使用過。

～※～

江釋懷猛然發現自己有些醉了，也有些恍神了。

咦，菸怎麼都沒吸幾口就燒完了？

「空腹喝酒的人就會落得這般下場。」她對自己笑著說出聲，潛意識又再捲好一根菸，再點燃一根火柴。

十月十九日的最後兩分鐘裡，菸點燃了，但這次她沒有抽，就只是用食指和中指夾著，把臉湊過去，把視覺聚焦在珊瑚紅的火焰與被高溫吻過的菸紙的黑色邊緣之間，突然做了一個深呼吸，用力地將菸吹熄。

「生日快樂，江釋懷。」她對自己說。

城市黑幕下的身影

風洞效應將入夜後的城市冷空氣都壓縮於兩座高樓之間的巷子裡，像一列時速兩百公里的火車，「咻」的一聲就把一個人的皮膚才剛釋放出的體溫都給奪走，人體細胞的線粒體根本來不及補充能量。身體再不停地不停地發抖，也擠不出一丁點溫暖。倒霉的，剛巧走在這通道里的人兒，唯有咬緊牙關，強忍著冷，才能勉強正常運作。

這種時間、這種地方，一般不會有人多加逗留。和後巷髒不髒沒有關係，而是因為大多數的酒客都在大街的正門，排隊進入酒吧，學別人用試管和其他古怪的「器皿」如瓦片、玻璃冰球、毛巾、針筒、尿袋喝酒了。有頭有臉的人，都走前門了，後巷是留給老鼠和街貓街狗的，卻也是無家可歸的流浪者的天堂。

「沙沙……」在聚集了鹿阱市最上流的餐廳的後巷裡，今晚不斷地傳來塑膠袋發出的摩擦聲。風停止的瞬間，摩擦聲依然繼續響著。

「砰！」那是回收箱蓋子被翻開的聲響。再閃過幾個黑影。兩者加起來，很可能是一群野貓在找食物。

「霍……霍……」巷子傳來一陣拖木箱的聲響。木箱一般太重，野貓搬不動，這麼一來，很有可能是體型較大的野狗了。狗狗大概是搜到什麼了，想將它拖到另一處去獨自享用。

但我們都猜錯了，因為接下來發出的聲音是：「噓！」

很明顯，那是人發出的聲音。「噓！」

「噓！」「喂！」「喂喂喂，老頭兒！這裡這裡。」小巷被微弱的橙色燈光籠罩著，非常偶爾經過的路人能隱約看到一位穿著白色運動服的老太太正在把一些什麼東西裝進自己預先準備好的行李箱裡。幾秒鐘後，後巷傳來一陣拖鞋底摩擦粗糙地面的聲響。另一個身影出現在老婦人身旁。

「今晚運氣真好！老頭兒，這裡這裡，你來看，有好多寶物！」體型微胖的老太太走到路燈直射下，重新整理了她許久沒染的頭髮，把它綁成一個髮髻。老太太的頭髮靠近髮根的地方有斑駁的白，但儘管疏於打理，還能隱約看得出她曾經雍容華貴過。

老伯伯看起來要乾癟些，全白的髮絲，身穿深藍線條的棉質襯衫，臉上還戴著金絲框眼鏡，一副大學教授的樣子。

今晚又是如常的三個人：一對老夫婦和他們那個坐在超級市場的手推車裡，看起來精神出了點問題的中年兒子。他們「光顧」這條巷子已經好幾天了，大概因為這裡的「料理」合他們的胃口。從手推車上的個人物件和身上服飾的整潔度推算，三人流離失所的時間不算太長。在後巷拾荒，應該是近期不得已的生存選擇。

～※～

和今時今日大多數的一線城市一樣，鹿阱市的無業遊民只要放得下尊嚴問題，一般都不會餓肚子。餐飲業者們在丟棄垃圾的時候都會小心處理。他們會將食物垃圾分類處理，邊角餘料、瓜皮、果核或外表不美觀的食材都擱置在回收箱裡；因儲藏不當而腐爛的食物和客人吃剩的殘羹則小心翼翼地裝進塑料袋裡，標上「不可食用」的貼紙。為了鹿阱市的流浪族群的溫飽，餐館人員也會將未食用過的熟食裝進外賣的盒子裡，並貼上「可食用」的粘貼紙。他們願意這麼做，也是為了避免這些不速之客長時間逗留在餐館的後門，亂翻他們的垃圾，因而將湯水和廚餘倒得到處都是，引起細菌和害蟲滋生。

鹿阱市地方政府對餐飲業管制得非常嚴格。餐廳業者不得在衛生條件上產生任何疏漏，否則將遭到嚴厲的處分。地方政府規定，撿食物的人要是有自己住所，也可將餐館丟棄的生食帶回家烹煮。這樣可以減少食物浪費，也能順帶減輕政府每個財政年支出給弱勢族群的福利款項。

反正，高檔的餐廳為了要保持上等食材高度新鮮，蔬菜、水果、肉類和海鮮一般都強制性當天貨到就必須使用完畢，佐料則必須在賞味期限的前一個月就丟棄掉。餐館人員被令將生食包裝好，貼上標籤告知垃圾被丟棄的時間，好讓撿食物的人們自行判斷生食的新鮮度。

鹿阱的美食業與撿食物的人形成一個有趣的食物生態圈。餐飲業者將賣不完的食物提供給需要吃飯的人，當作做慈善；後者在撿餐館丟棄的溫熱美食之餘，能幫忙餐飲業者清除垃圾，還能協助有錢人減輕罪惡感，被鹿阱市的人們取名「食荒人」。

~*~

微胖老太太、金絲鏡框老先生，還有坐在超市推車裡的中年人這三個「食荒人」「光顧」鹿阱市這條後巷大約不到一個星期的時間。但他們從一開始就天天來，而且都會準時於晚上九點半到十點半之間，徘徊在餐館的後門，燈光找不到的角落等著「發動攻勢」。

他們彷彿早已算出餐廳的時間表：餐館一般九點半結束點餐，廚房會在這時將用不完的生材料包裝好再拎到後巷丟棄；十點半打烊後，被扔出來的則是賣不完的「可食用」的熟食；十一點之後丟出來的都是客人吃剩的殘羹，殘缺不堪，還沾有客人的口水和口紅，沒什麼好期待或值得等待的。

「什麼？這些？」那位金絲鏡框的老先生指著靠牆的一堆東西。

燈光太暗，加上白內障，他看不見標籤寫的是什麼，只好在塑膠袋上挖了一個小洞，把手伸進去摸。

餐館最忌恨拾荒者這麼做了，因為液體食物會漏出來，和著味道會引來更多流浪貓狗和爬蟲類，搞到餐館後門臭氣熏天，爬蟲類更會進入店內，影響衛生條件。

「不行不行，這裡面是溼的！」老先生顯然覺得有點噁心。

「哎呦，不是那袋啦，是我手上拿著的這些！捏起來脆脆的，還很香呢！哈哈！」老太太舉起一個大紙盒，裡頭至少有二十個配湯的法式小麵包。

「走走走，去那裡看！」老太太興奮地低語著，老先生沒想太多，也愣愣地跟著走。

「喂喂喂，我走你也走，那誰來推兒子？」老太太很不客氣地問著老先生。老先生這才恍然大悟，自己忘了什麼，趕緊倒回頭到巷尾那台超級市場的手推車旁。手推車被推到燈光下，不難看到上面有一袋袋的蔬菜，還有一箱箱的食物。

這些的後頭，有一名瘦弱不堪的中年男子蜷縮在那兒，像是在對身旁的人說話，而且說得起勁時，會在推車裡站起來。男子滿臉鬍渣，一會用力地擺動著左手，像驅趕蚊蟲一般，右手則間斷性地捂住流著口水的嘴巴，防止自己笑出聲。

老先生幾度指示中年男子坐下，但都失敗了，只好強行將男子拉下來，命令他坐下。接著就輪到老太太拉高嗓門，要丈夫把聲音放輕點。兩人會因此咒罵彼此幾句，聲音在陋巷兩旁的建築物反彈著，形成回音，再傳回耳裡，很刺耳。老夫婦這才願意停止吵架。推車裡的兒子則繼續獨個兒在那裡自娛，對年邁父母煩躁的對罵聲，一點反應也沒有。

一對老夫婦就這樣，一邊嘆著氣，一邊推著車，消失在城市的黑幕後面。

~※~

他們走後，不久又來了一組「食荒人」，勉強翻到一些能吃的，但食物的狀況顯然不比剛才三人找到的好。怪不了別人，誰讓他們來晚了？只好埋怨了幾句，又到別處翻垃圾去了。

Sauver®

Sauver® 今晚客滿，客人的要求也特別多。江釋懷和兼職的小唯有些忙不過來。

不過話說回來，*Sauver*® 除了一年前開張的前三個月較為冷清之外，有哪一晚不是客滿的？

只不過，今晚的客人大多是來自同一家公司，都熟絡，暢談起來特別開懷，笑聲也比往常大聲。聲音從座位直射天花板，再從木梁和水晶燈反射回來打在石灰牆上，聽起來硬邦邦的，特別實，特別刺耳，震得釋懷以為自己得了耳鳴。

Sauver® 自開幕以來，就沒有一天是休息的，釋懷也因此已經好久沒放假了，整個人呈現疲乏狀態，脾氣也開始急躁起

來。餐館原先因為想招徠更多客人，所以決定每天開放，先做做看。誰知一上軌道。就更沒有藉口休息了。

「一天就只是工作四五個小時，還有大把時間可以做別的事。沒有休息日沒關係的。」釋懷嘗試說服自己。

釋懷皺著眉頭，有股奪門而出的衝動，但她深呼吸了一下，安撫自己。這些將自己感官塞滿的訊息：料理的香味、女客人的香水味和花枝招展的打扮、男賓客吹捧自己的說話聲、酒杯碰撞在一起的「叮叮」聲、刀子切在盤子上的「吱吱」聲、牙齒碰上瓷器湯匙發出的「吭吭」聲……混合在一起，是混亂，但也是金錢，是收入！收入很重要，而且越多越好。江釋懷實在不想再過回苦日子了。

~✳~

「撐著點。」她對跟自己並肩作戰的侍應生小唯說。小唯點點頭，並指了指時鐘。離餐廳休息還有稍稍超過一個半小時的時間。

「一百分鐘。」這位還正在籌錢唸碩士的男生跟釋懷說：「就像考試一樣。專心做事很快就過了。」釋懷拍了拍這位同事的肩膀，兩人做了個握拳的手勢就各自幹活去了。

釋懷在等廚房出菜的當兒，忍不住回頭看著這名叫小唯的男生勤快地伺候著食客們的樣子，不禁莞爾。小唯已經在這裡打工將近一年了，和釋懷協議兩年的任職期，為的是能湊足錢供自己唸碩士。小唯老家不在這裡，家境也不好，想出頭，就只得靠自己。

選擇到鹿阱打零工，除了因為這是一個國家發展藍圖中最受矚目的城市，基本工資會比其他城市的餐飲業來得高，更大的原因，當然逃不過愛情。他大學女朋友在畢業後回鹿阱老家，把外省的小唯也帶上了。可惜她一回來就看上了一名地產大亨的兒子，走了，把小唯孤零零地遺棄在鹿阱市裡。

釋懷清楚記得小唯是看了一篇網路報導，慕名而來的。那時，*Sauver*®才剛開幕不久，沒什麼顧客，釋懷當天見到有人推門而入，以為是客人，正想殷勤招待，誰知小唯單刀直入地回答：「不好意思，我只是個窮學生，吃不起你們的料理，但我非常崇拜你們餐館愛護食物的環保意識，請接受我在這裡打工！」說完，還深深地鞠了個躬。

自己都快養不起自己了，怎麼還請得起人？可是這男生炙熱的眼神，令江釋懷想起了一個她曾經很在乎的人，所以莫名其妙地，居然答應了讓對方週一來上班。也不知是宣傳攻勢終於奏效，還是小唯帶來的好運，*Sauver*®的業績蒸蒸日上。而小唯就從那時起，一直以時薪的方式在這裡工作至今。

釋懷喜歡小唯，喜歡在忙碌時間的縫隙裡偷偷瞄他幾眼。他一頭自然捲，皮膚白皙，身材纖瘦，一副文弱書生的樣子。然而他手腳出奇地快，人也勤快。釋懷更喜歡他的人品，除了懂得溫柔體恤別人，更是因為他從不過問身為一名侍應生身份以外不該過問的事情。

比如：誰是這家餐廳的老闆？

比如：為什麼餐廳的員工那麼少？

比如：為什麼從沒聽過廚師說一句話？

尤其：為什麼餐廳外的垃圾桶裡，有那麼多別的餐館的餐盒？

小唯對待餐廳，就像他對釋懷一樣充滿信心和信任。他知道，一家位於離鬧市區好幾公里的偏僻地帶的餐廳能夜夜客滿，能獲得地方政府的支持，能讓評論家如此傾心，能令客人在訂到位時欣喜若狂，一定有它自身的奧妙之處。

Sauver® 是一家沒有固定餐點的無菜單餐廳，只供應晚餐。廚師會依據當天供應商的食品而定製餐點，因此每天都不一樣，充滿了驚喜。然而吃貨們不必太擔心每日菜單有太多自己不愛吃的食物，如茄子、羊角豆，因為 *Sauver®* 裡，每一道菜就只幾小口，食材都切得很薄、很細，吃得到這些食材的原味，卻不至於感覺口腔被它完全侵犯。料理的份量是小，不過倒也不會吃不飽，因為一份晚餐有十四道菜之多，效仿國外種類多，份量小的「品嚐菜單」系列料理。

~ ⁕ ~

「晚上好，這是今天的菜單，請過目。」釋懷拿著牛皮紙菜單，向七點鐘就已經準時就坐的客人介紹：

開胃小點：甜菜、酸菜馬鈴薯泥球、生菜心葉

前菜：烤骨髓、法式麵包、檸檬片

海鮮：青瓜汁、墨魚片、黑胡椒粒

湯：奶油瓜濃湯、炸藕片、松仁

魚類：魚鰓肉、薑汁、黃豆苗

沙律：香菜、沙葛、蘿蔓生菜

雞肉：蝦醬蒸雞肉卷、胡蘿蔔絲

豬肉：涮涮肉、日本醬青、生蛋

肝：香煎雞肝、牛奶泡沫、蔓越梅

稀飯：鹹粥、脆豬油薄片、飛魚卵

燒烤：牛柳、燈籠椒、玉米

乳酪：莫札瑞拉乳酪、番茄片、苜宿芽

甜點：椰奶、麵包布丁、椰絲

水果：香檳糖漿、草莓丁、青蘋果丁

江釋懷一邊介紹著菜單，一邊打從心裡佩服主廚的創意。十四項料理沒有一項的用料跟另一樣是重複的。今天的料理和昨天也沒有兩樣是重複的，即使食材一樣，煮法和呈獻的方式也都不一樣。

然而即使主廚有重複料理的意願，結果也完全由不得她。因為明天會有什麼食材到手，完全不在她的控制之內。發揮創意，是她唯一能做的事。

~ ✳ ~

鹿阱這城市過去二十年因為經濟系統大改革的關係，吸引許多外國大企業大手筆的投資，發展的速度直逼上海、倫敦、紐約等這些一線城市。人民普遍變得富裕，也因為外國白領階級的湧入，改變了整個城市的面貌。售賣名牌、奢侈品的精品商店一家接著一家開，高級餐廳更成了街景的一部份。

傳說，人類的味蕾在吃了三到四口同一種食物之後，便會出現疲乏現象。「品嚐菜單」系列料理正好解決了這一點。然而，推出「品嚐菜單」系列料理的餐廳也不止*Sauver*®一家，有些請了明星代言，有的則打著米其林名廚的旗子。價位不低的*Sauver*®卻仍能脫穎而出，並非巧合。

說實在的，推出「品嚐菜單」的餐廳因為料理形式很多，需要一個裝置完善的大廚房，聘請的廚師也必須有一定背景和素質，而且一般超過五位，因為單單繁瑣的準備工作就夠他們忙了。然而，*Sauver*®只有一位沒有國際認證的廚師和兩個侍應生，餐廳裝潢也不算豪華，地點更是偏僻。

Sauver®是如何勝出的？它做了一樣其他餐廳不敢做的事：「打擊有錢人浪費食物的心虛，再滿足他們炫耀的虛榮。」

~ ✳ ~

餐廳的宣傳文中宣稱，它的食材都是從周邊城市漏夜運過來，卻因某種原因而遭到當地批發商和超市丟棄的食物。然而這些新鮮的蔬菜、水果、肉類和海產的質量都屬於上等等級，僅因為擔心過量生產影響市價，或者外型不符合正統的規格，而被嫌棄。

世界各大城市平均每年丟棄上百噸品質良好的食材，百分之二捐給慈善機構，一小部份被製成動物飼料，另一小部份被堆肥化成為有機肥料；還有一小部份被送到厭氧消化池處理成為燃料。除此，絕大部份都被送到垃圾填埋場。總的來說，全世界每年被丟棄的食物，佔總產量的一半以上。

Sauver®大膽地在宣傳文中表示，餐廳的食材，大多是外觀不美觀，例如呈三角形的蘋果、兩條尾巴的蘿蔔、長歪了的芹菜……樣貌醜陋，但絕對新鮮的食材。*Sauver*®也宣稱，天天都會向批發商和大小農場進貨，為減少食物浪費盡一份力。

宣傳部門就發現，當有錢人持續在購買最新一季的奢侈品的同時，他們也在尋找帶有不同意義的花錢方式。對於一個眼都不眨，隨便就花兩三百美金吃個便飯的人來說，山珍海味已經失去吸引力了。餐廳若想脫穎而出，就必須施行新穎的用餐方式，以便吸引這群口袋很深的客人。

「沒有固定餐點」、「品嚐菜單」系列料理這些招式，別的餐館都有，但斗膽喊起「防止浪費、保護地球」如此老掉牙的口號時，還能理直氣壯的，對有錢沒地方花的人來說，反而是一件充滿著新鮮感的事兒。

~✳~

太大膽的點子是需要時間來適應的。花了兩個月研究口味的*Sauver*®剛開張時的生意確實慘淡，然而負責宣傳的小伙子倒是聰明，先組團將名人們與傳統和新媒體記者帶到生產蔬菜的農場，尾隨貨車到垃圾填埋場，再讓他們眼睜睜地目睹大量蔬果被丟棄的過程，讓賓客們的罪惡感倍增，良心也大受譴責。在這的同時，早與垃圾場管理員串通好的年輕男生就會上演一齣好戲，現場假裝用現金收買管理員，讓賓客們能臨時親手「搶救」回一些蔬果。

打鐵要趁熱，小伙子將嘉賓們帶往*Sauver*®的廚房見證廚師如何將回收的蔬果切成丁、打成蔬菜泥，再烹飪成一小道一小道琳琅滿目的料理。這種「失而復得」的感覺，頓時將罪惡感一掃而光，反倒成為了一種胃口的催化劑，被救贖的心理會令食物吃起來更美味。

參加這項「帶團考察」的人原先並不多，但消息傳開來，不僅鹿阱市當地的媒體與名人主動報名，連鹿阱以外的記者和明星也特意遠到而來參訪。不久，*Sauver*®這個字上了熱搜。

許多網民都在問：「*Sauver*」究竟是什麼意思？

*Sauver*在法文乃「拯救」的意思。這家餐廳的獨特之處便是它「拯救被丟棄的食物」，賦予它們「第二生命」，將它們從垃圾轉換成高級料理。其實這樣的餐廳在紐約和歐洲的荷

蘭、英國的西約克郡就有好幾家，只是在亞洲國家，這種「吃垃圾堆裡的食物」的概念還不普遍被接受，也沒聽聞有餐飲業者大膽嘗試，因此*Sauver*®獲得鹿阱市地方政府的認可，國家環境局更是頻頻公開表示大力支持。

為了保護*Sauver*這個概念，這家別具一格的餐廳業者在開業半年後便投下幾千塊錢，通過律師樓向智慧財產權局為「*Sauver*」這個品牌申請註冊商標，成為*Sauver*®。此後，不得有另一家餐飲業以*Sauver*®這個品牌經營生意。

餐廳內部的樸實設計突顯了這個「環保」概念。七套桌椅、精緻餐飲的西式餐具都是向鹿阱市倒閉了的餐館購買的，有些甚至是隨意搭配，而非一整套的。首次上門的客人總會驚歎這裡的裝潢跟他們平時光顧的餐廳好不一樣，好有個性，好有趣。餐廳的主廚更是一位患有緘默症的殘障女士，更加深了「在*Sauver*®用餐您能讓地球更美好」的體驗。

是的，「在這樣一家餐廳用餐，不僅能品嚐美食，還能為地球和弱勢族群盡一點綿力。」鹿阱市的名人們最吃這一套了，慈善是最能襯托出自身的氣質、加強個人形象的美好的工具，名人們一個個爭先恐後上傳照片、進行直播、向圈內和圈外的朋友以及關注他們的粉絲炫耀。消息一傳出，*Sauver*®的專線便開始響個不停，通過網站、應用程式訂位的客人更是應接不暇，網站更是幾度被搞到癱瘓。

很少客人會臨時取消訂位，然而若真有，也很快就會被補上。也就是說，*Sauver®* 自爆紅之後，每一晚都滿座，減去材料和人力的開銷，每一晚憑餐點的淨收入，不包括開酒費和小費，至少四千美金。

~☀~

儘管 *Sauver®* 這幾個月的價位不斷地調高，預定座位的人卻絲毫未減，有時客人必須提早半年前來餐廳親自登記，才訂得到位子。許多吃貨都抱著希望而來，失望而歸，那些終於等到位子的顧客居然像中了樂透一樣開心。

這些有錢人真是有閒情。江釋懷心想。

換成是自己，排隊的人只要超過兩個，她就已掉頭走了。*Sauver®* 的客人們居然為了吃個飯，願意等上了大半年。換成是自己，半年之後可能早已忘記當初為何想訂位子了。

然而她理解，這個城市的人民對「富裕」的定義，並不是銀行裡有多少銀兩，而是生活有多享受。鹿阱在開發期間，把寬敞的老房子和祖先留下的大片田地賣給城市發展商的老市民們，一夜之間成了暴發戶。其中一些很捨得花錢，更是四處找地方花錢，趁機炫富一下。

除了本地人，如今鹿阱的人口暴增主要是因為移居來這工作的人很多。他們大多數都是在金融界工作的銀行家或專業人士。大家除了工作以外，夜夜笙歌，刷起信用卡來，可說是絲毫不手軟。

來*Sauver*®用餐的高貴女士們，拎著的絕不可能是LV這個檔次的包包，而是一個個江釋懷的舌頭卷得快打結都唸不出品牌名稱的皮革包包。男士們身上筆挺的西裝剪裁合身，明顯都是手工定製的，手腕上百萬美金名牌表更是洩露了他們身份有多尊貴。顧客們選擇穿戴的服飾從不會有顯眼的產品商標在上面，只有識貨的人才會懂有多昂貴。越有錢的人往往越低調。當然，客人的身家，還可以從小費的多少看得出。

~✳~

釋懷留意到，儘管*Sauver*®的料理每一盤的份量都不大，但食客們一頓飯往往都會吃很久。那是因為大家吃東西的樣子都很斯文，咀嚼得很細，全神品嚐，還會邊吃邊討論每一樣食物在味蕾上引發的感官刺激。因此客人們吃完十四道料理的速度極慢。除此之外，他們說話一般很優雅，穿著也是，個個身上雖然穿的是簡便的服飾，但都是名牌；即使化的是淡妝，也都噴了誘人的古龍水，香噴噴。

一切的一切，都和幾年前在同一個地點，這同樣的幾張桌椅上坐著的客人截然不同。

麵條裡的尊嚴

風洞效應依然將夜晚的冷空氣都壓縮於兩座高樓之間的巷子裡。就像一列時速兩百公里的火車，「咻」的一聲就把一個人皮膚才剛釋放出的體溫都奪走，任誰站在這裡都會冷得直打哆嗦。如果沒有必要，不會有人蠢到站在這通道之中。除了「食荒人」，還有丟垃圾的人。

「沙沙……」這條離 *Sauver*® 幾公里的鹿阱市，有著擠滿目前最上流的餐廳的街道後巷，此刻正不斷地傳來塑膠袋發出的摩擦聲。風停止的瞬間，摩擦聲依然繼續響著。

「砰！」那是回收箱蓋子被翻開的聲響。閃過一個黑影。

「霍……霍……」巷子又傳來一陣拖木箱的聲響。和著木箱和石磚地面摩擦所發出的聲響，不難聽到玻璃瓶碰撞的聲音。那肯定是人類。因為除了人類，沒有其它的動物喜歡接近含有酒精的器皿。

風就像一條運輸帶，將某處的飯菜香從後巷的一端，送到另一端去。這股味道聞起來就像義大利麵、奶油、乳酪、番茄、迷迭香和羅勒混雜在一起的香味。

還有，還有音樂的聲音。吵雜的音樂聽起來倒是很小聲、感覺有些遠，卻很靠近。原來是從人影的耳機傳出來的重金屬音樂。

~✳~

「碰」的一聲巨響，一家名為「食一」的餐廳後門被用力地甩上。甩門的力量將本來就疊得不好的外賣盒子震得統統都倒了下來，裡頭裝著的是等著被「挽救」的熟食，如今被灑了一地。原本足以餵飽十幾個「食荒人」的晚餐，大部份都已經掉在後巷地上，不乾淨了，不能吃了。

食物盒倒下的時間大約在九點半左右。三個「食荒人」：金框眼鏡老先生、運動服老太太，還有他們舉止有些怪異的兒子三人，準時抵達美食街後巷，目睹著「慘禍」的發生經過。

老太太已經以兩條老腿最大的能耐衝向前去，想扶住那一疊紙盒，可惜已經來不及了。紙盒塔倒下了！番茄醬汁噴到她的胸前的衣服、衣袖，連褲子也沾了一點，香味四溢。浪費了好可惜！老太太下意識地蹲在溼滑的地面，想用手把醬汁盛回盒子裡，被老伴阻止了。

「用不著再把我們尊嚴的層次往下拉吧？吃別人不要的食物已經夠丟臉了，還吃從地上撿的，乾脆不要活了。」老爺爺嘆著氣，語氣充滿羞恥和難過。

「但兒子喜歡吃啊。不然怎樣，你有本事到人家店裡面去買呀！」老太太反駁。看得出她也不想這樣。

老先生哀傷地瞥了妻子一眼，緩緩地彎下腰，打量了一下散落一地的盒子。十幾個盒子都彈開了，還有三盒沒有。老人把它們拾起，一一打開。兩個盒子裡盛著義大利細扁麵條，另一個則盛著肉末番茄醬汁，勉強夠他們三人果腹了。他捧著紙盒，用手肘輕輕地推了推在一旁擦眼淚的老妻子。

「喂，走了啦。不要哭了，走了啦。今晚有飯吃了。」

～⁂～

義大利餐廳「食一」的後門背後傳來這麼一句話：「如果媽媽還在的話，是絕對不會允許你這麼對我的！」

才九點三十五分，後巷又傳來甩門的聲音，又是那家叫「食一」的餐館。門在不到十秒鐘之後，又重新打開，裡頭傳出一個男人的粗獷聲音：「好啊，你有本事把你媽叫來呀，人呢？在哪裡？」

一個看上去大約十七八歲的女孩子，捧著六七個餐盒，一邊用身體頂著沉甸甸的鐵門，一邊嚷嚷著：「喔，你忘了嗎？她死了，就是被你活活累死的！整天只會專門叫人家做這種下賤的事情！」然後把餐盒隨意地放在後門樓梯口。

「什麼下賤的事情？」男人問。

「天天只叫我丟垃圾。對了，昨天還叫我拿拖把抹後巷的地板，髒死了。不是下賤的事情，是什麼？」女孩咬牙切齒地回嘴。

「下賤的事情？丟垃圾叫下賤的事情？我來告訴你什麼是下賤的事情！一、你看你全身刺青，刺的都是什麼？你知不知道我們那個年代的人為什麼刺青？是因為加入流氓的幫派！二、你看你的頭髮，明明是華人，卻染得像個洋人似的！誰知道你在國外還做了什麼更見不得人的事情？」男人的聲音越來越大，最後索性使勁把門推開，整個人走到後巷。

「是啊！我就是下賤，你看我不順眼幹嘛叫我回來？」小女生不甘示弱，喊了回去。男人塊頭很大，完全將小女生的身影，還有聲音都給遮住了。

「我……」男人想繼續說，卻被小女生突然發出的「噓」聲打住了。女生比了比手勢，要男人閃開。

「噓？你叫我『噓』？」男人顯然還在氣頭上，才想追究，發現女兒沒有反擊，目光鎖在自己身後的某處，馬上轉過頭來。

「爸！爸！你走開啦，你嚇著人家了。」小女生的態度一百八十度轉變。

站在十米處，是一位推著超市手推車的，戴著金絲框眼鏡的老人，和他的太太正要離開。他們被激烈的爭吵聲給嚇倒，停下來凍結住了。手推車裡的男子捂住耳朵不斷地搖頭，嘴裡不停地碎碎唸，看起來陷在恐懼當中。

「對……對不起啊，我們不吵就是了。」女孩看見受驚嚇的三人愣在那裡，滿臉不好意思地道著歉，還用手做了一個道歉的手勢，以免對方是聾啞人士聽不見她在說什麼。

「沒事的，不要怕。這個，你們拿去。請你們吃。」剛剛還在嚷嚷女兒的肥碩的男人撿起女孩剛剛放下的蘑菇燴飯和玉米糕，輕輕地，面帶微笑地走到三個人面前，將飯盒遞給他們。

老太太忙著安撫兒子，老先生只好心不甘情不願地成為那個接過餐盒的人。

這一陣子的撿垃圾食物的活動，都是匿名地在黑暗中進行，如今與餐廳老闆直接打了個照面，難免有些難為情。他唯有深深地鞠了躬後馬上往後退個兩三步，順勢把自己的臉藏進黑暗之中。

「提拉米蘇！你們喜歡義大利甜品嗎？是一種蛋糕！很……很好吃的，軟軟的，有點酒精的……可以暖和身子的，廚房還有，我去拿！」餐廳老闆突然想起，熱情地提議，再轉回頭吩咐女兒，但這回不敢太大聲：「田姿姿，你快進去幫我把提拉米蘇裝好拿給老爺爺老奶奶！」

「聽不見！」田姿姿喊道。她早已想到，擅自進廚房了。餐廳老闆傳不上話，只好做了一個「請等等」的手勢，快步跑回餐廳。

但當他和姿姿捧著甜點重新回到後巷時，那三人已不見蹤影了。

～※～

田姿姿再也不埋怨倒垃圾的事了。

之前田爸爸就已經給姿姿講明為何要將賣不出的熟食裝盒了，她知道這些餐盒是餐飲業回饋社會的心意，救濟沒飯吃的人的。但聽聞和親眼目睹，是兩碼事。今天她的眼睛、耳朵和大腦終於連上線了。

從小就含著金鑰匙出生的她，從未有機會直接接觸連飯都吃不起的人。今晚看到的三個人，和自己想像的完全不一樣。她以為在這個資源充足，人人都有餘錢花的年代，撿剩飯的大概都是些貪小便宜，或者喜歡來搗亂的傢伙。沒想到這些人真的可能是無依無靠、挨餓的老人、嗜毒者或精神病患。

老人家那晚領過蘑菇燴飯盒子時的卑微神情，不斷地在田姿姿腦海裡播放，每想一次，眼淚就落一次。一輩子沒堅持過什麼事情的她，決心從今以後，就算扔垃圾，也要有責任心一點，務必要把能用的食材、能吃的食物和殘羹、廚餘分得開開地，餐盒也要疊整齊一點，讓「食荒人」保留一點尊嚴。

其實田姿姿心腸不壞，只是缺乏教養。母親在她十一歲時便操勞過度，心臟衰竭逝世。父親為了掩飾悲傷，將自己埋在工作裡，而她這個獨生女則被送到私立學校去唸書，假期也都留在宿舍，不給回家。田爸爸天真地以為，兩個同時在哀悼的人離彼此遠遠地，看不到對方的哀痛，悲傷就不會加倍，才可能快一些走出悲傷。

可惜田爸爸的用意被女兒誤解了。田姿姿以為自己只是母親的附屬品，母親一去世，自己就一點價值都沒有。在寄宿學校的日子裡，父親以餐館生意忙，抽不了身為藉口，沒有來探望過一次。考試成績理想不理想？父親從來不過問；有沒有交男朋友？父親也從不和她談。姿姿寄宿的六年裡，接過父親的電話不上二十次，每次不超過一分鐘，除了「錢夠用嗎？」「那裡天氣冷嗎？」之外，沒有其他的問候語。就連過年過節，都是她自己打車回家的。然而一回到家，就馬上後悔了，這個父親連農曆新年都開店做生意，家裡冷冷清清的，空無一人。

~※~

鹿阱市就算再現代化，還是有好多還存有傳統價值觀念的市民。他們在開發前就在這裡生根，組成了自己的小社區，因此思想並沒有隨著世界的步伐而更新。姿姿的父親就是其中一個。在他的腦袋裡，男人是一家之主，在任何情況下都必須撐起一個家，不得示弱，不得流淚。

然而，不流淚不代表勇敢。不流淚的田爸爸其實一點也不勇敢。

田姿姿功課不好，做父親的不敢責備，怕失去她；女兒的近況，他不敢多問，怕忍不住會多看女兒幾眼，怕多看幾眼後，會忍不住直視自己女兒的眼睛。姿姿誤以為那是因為父親對自己感到羞恥。但她並不知道，原來是因為自己遺傳了母親的眼睛，父親才不敢多看一眼，否則，就會流下對妻子思念的淚水。

持有古板思想的男人，又怎能在孩子面前顯露出自己的脆弱呢？唯一能做的，就是將自己埋在義大利麵條裡，保留一點尊嚴；唯一懂得做的，就是不斷地給女兒塞錢。儘管如此，田姿姿仍舊感覺在父親的面前，自己是透明的。

久而久之，她連自己都看不見了。田姿姿決定，她必須找回自己！

於是在兩年前學校放假的時候，她決定服從同學的慫恿，不回家了，而是跟著他們到別的城市去玩。她才發現，原來世界是如此大呀！慢慢地，她的膽子越來越大，幾個月後便在田爸爸不知情的情況下，偷偷回城裡，辦了護照、簽證就到國外去進行了將近半年的背包旅行。那些國家包括了好幾個未開發的落後國家。

就這次背包旅行，姿姿第一次嘗試了刺青，刺的是母親的名字「Amelia」。原來，刺青是會上癮的，在那四個半月的時間裡，姿姿總共做了十八次紋身，集中在手臂和背部。

「怕什麼？反正我爸都看不到。」她是這麼對同學說的，還故意在回家時穿上無袖露背裝，想挑起父親的注意力。但她猜想，爸爸十之八九是不會看見的。別說留意到刺青，哼，說不定他連這個女兒長什麼樣子，都不記得了。

沒想到就最近這次，父親居然站在家門前迎接自己回家。田姿姿原本一陣感動，但靠近一看，父親板著一張臉，拇指和食指用力地捏著手中的一張信紙，第一節手指都變白色了。那是印上學校校徽的信，校長寄來的。

田姿姿心裡確實掠過一絲害怕，但很快就轉了念：「這下子好了，爸爸不得不跟我說話了。」

原來田姿姿在過去一年裡，屢次曠課，就連期考也沒去，被記了大過。一個過去幾年都名列前茅的學生，近期學習態度急轉直下，背後一定有什麼原因。老師來信告知家長，請他留意孩子的行為，否則將面臨留級或被學校開除的可能性。

「老師的花紅是依照每個班級的平均成績定的，誰都不希望全班總分被拉下去。」田姿姿先發制人對田爸爸說道，想讓父親知道事態並沒有大家想像的那麼嚴重。然而，她心裡並不是真的想說服父親那麼輕易地放過自己。最好來一次火山爆發，起碼也要將自己臭罵一頓才夠過癮呀。

正常嗎？

姿姿反問自己，她的心裡既害怕挨罵，又因為即將挨罵而感到有點興奮。

就這樣，她兩腳像扎了根似地，站在父親面前期待著他做出反應，生氣也好，責備也好，任何反應都好，因為此刻所有正面和負面的情緒全都只是因她這個不孝女而起，應該說是，終於有這麼一次，父親的情緒是為了女兒而起。對，就只為了她，專屬於她。

就算迎面而來的不是溫柔或關懷的口吻，罵聲總比無聲好。她甚至準備挨耳光，父親的手心打在自己的臉上，也算是一種肌膚接觸吧。有，總比沒有的好。

就像撿破爛一樣，田姿姿不介意撿到的不是什麼好東西，只要是東西就好了。這是一種生存本能，用自欺欺人的方式給自己活下去的希望。姿姿自嘲著問自己：「可不可悲？」

可惜田爸爸始終沒有表現出太多不滿，只是淡淡地交代了一聲：「這個假期你哪裡都不准去，留在餐館裡幫忙。」轉身就回到廚房。

~ ✳ ~

田姿姿遺傳到的不僅是母親的眼睛，也遺傳到母親的烹飪和烘焙技術。她在寄宿學校時，偶爾會露兩手，做些美食給同學們品嚐。美食包括法式糕點、中餐等。唯獨義大利菜她不愛做，聲稱自己最討厭番茄汁的味道，聞了就想作嘔。但誰都不知曉，姿姿不煮義大利麵的主要原因是，當年的母親就是憑著這道看似簡單的料理擄獲父親的心的。義大利麵是母親的拿手菜。

一個從未下過廚的工程師，為了實踐妻子的夢想，投下畢生積蓄，為她開了一家叫作 Amelia 的義大利餐廳。餐廳越辦越成功，也越來越高級，但母親在餐廳經營的第五年，終於因為體力透支病倒。姿姿母親後來被診斷出急性心肌發炎，很快就在醫院病逝了。

田姿姿從那時起就再也不碰義大利菜，父親卻跟她恰恰好相反，不斷地研發新的食譜和烹飪方式，不久後就考獲廚師證書，正式成為自己餐廳的主廚，並將餐廳改名為「食一」。

可惜，田姿姿並不知道父親是為了延續母親的夢想，才選擇全身投入飲食行業的。她也不知道餐廳改名叫「食一」是因為「十一」是姿姿喪母的年齡，父親希望能通過它來紀念一家三口從姿姿出生到十一歲之間，那段瀰漫著義大利番茄醬香氣的，圓滿的快樂日子。她痛恨父親將母親的餐廳改名，企圖抹去她在飲食業裡曾留下的一點痕跡。但她不知道，田爸爸自妻子去世以後，就無法再次叫出「Amelia」這個英文名字了。

父親則不知道姿姿一直以來最愛吃的就是義大利麵了，以為她吃膩了。其實她罷吃，主要是不希望媽媽的味道太快被別人做的義大利麵口味取代。

回到餐館來，對她來說是很痛苦的一件事，熟悉味道還在，但熟悉的母親的身影卻消失了。她多想再次離開，再次逃離這個殘忍之地。可是為了能得到父親的一點點關注，她決定勇敢面對這個聞起來像美夢的噩夢。

~☀~

然而花豹改不了斑點。田姿姿雖是個有點天賦的孩子，但她懶，又愛擺臭架子，仗著自己是老闆的女兒，要求員工給自己特別待遇，得不到的話，就對人呼呼喝喝，使眼色，氣得父親暴跳如雷。毫無廚房經驗的她，一開工就咬定主廚的位子是自己的，不願意和其他廚師一樣從基本的廚房清潔工作做起。

結果，「食一」的廚房在田姿姿上班的頭一個星期裡就被迫休息兩個晚上，損失慘重。原因乃主廚受不了田姿姿的大小姐脾氣，甩圍裙走人，失聯了兩天才被田爸爸半威脅半哄地勸服，回來上班。主廚只開了一個條件，那就是從今以後，田姿姿不得在餐期踏進廚房一步。

田姿姿確實疏於管教，做父親的想賴也賴不了他人。將她留在餐館裡，員工不開心；將她完全杜絕於餐館之外，誰又知曉這個野蠻小妞會惹上什麼麻煩？田爸爸唯一能做的，就是限制女兒只許負責收拾碗盤、清洗碗盤、擦桌子和倒垃圾的工作。

其實，姿姿大可拎起背包，負氣大步跨出家門。但她沒有，因為她終於引起父親的注意了。她告訴自己，背包旅行時，睡的是爬滿蝨子的床褥，吃的是有蒼蠅在上面停泊的食物，餐廳裡的廚餘是有那麼一點髒，那麼一點臭，但都算得了什麼？

只不過，田姿姿才做了一個星期就受不了。受不了，並非工作辛苦，而是無論自己再怎麼努力，父親都找得到地方挑剔，好似她沒有一件事情做對，沒有一件事情做好，一無是處。

不就是賣不完要扔掉的食物嗎？

為什麼不能一次全部倒進黑色塑膠袋？

為什麼要按食物種類、按份量裝進紙盒？

為什麼要整齊地把盒子排列好？

為什麼醬汁和麵條要分開放？

為什麼要在兩個小時後把盒裝的熟食重新捧回來扔進塑膠袋？

為什麼要如此多此一舉？

田姿姿再問了餐廳的幾個廚師。大夥兒沒人有閒暇應酬她，便把她打發走了。這回，田姿姿不敢反抗，因為她深知如今大家那麼忙，多少是她造成的。要不是主廚師傅被田姿姿氣走，餐廳也不至於被迫休業。對競爭性很強的餐飲業來說，無故休業是要不得的，除了有損餐廳名譽，鹿阱市的地方政府也以打擊鹿阱市的旅遊業為理由，提出警告。

大夥都不敢怠慢，商洽之下決定趁這暑假時搞促銷，來刺激消費，重新把名聲打響。食客們的反應出奇地好，卻也讓「食一」的所有員工忙得像無頭蒼蠅似的。

田姿姿愛莫能助，只好像一隻壁虎似的，貼在牆角等需要幫忙的人使喚。田爸爸看女兒態度有所轉變，在某天餐期一過，也沒有多做解釋，就只是沒聲好氣地說了「食荒人」三個字。

姿姿打從心裡微笑了。父親這麼忙，居然還會記住自己幾天前發問的問題，表示他依然關心這個女兒。不溫柔、不風趣，田爸爸和同學的父親相差千里，只可惜她只有這麼一個爸爸，總好過沒有爸爸。這麼一個爸爸，她要。

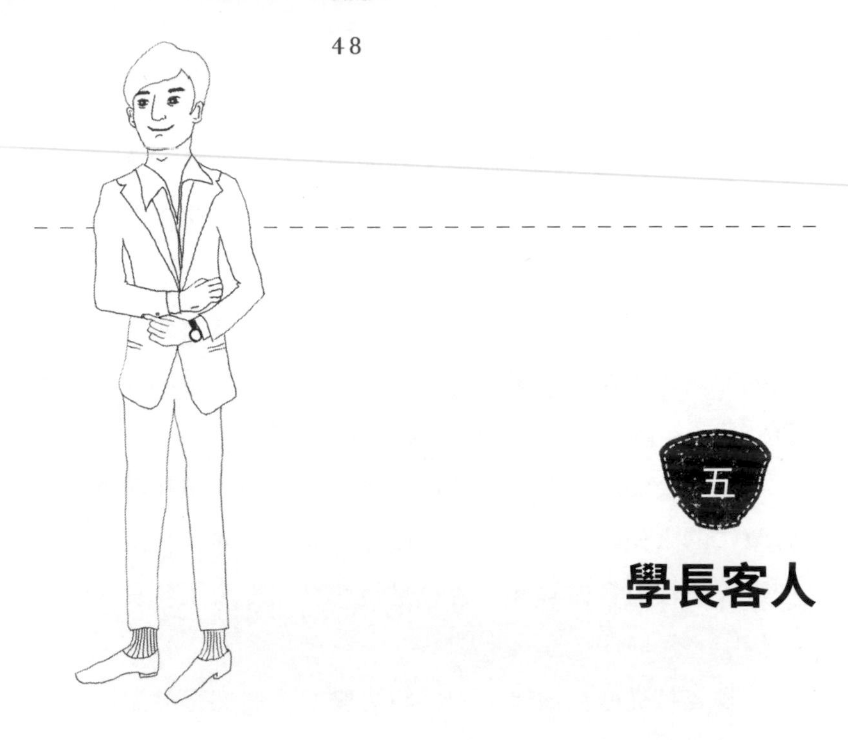

五

學長客人

Sauver®今晚的甜點有點麻煩，英式蛋奶醬必須在客人把料理放進嘴巴的前幾秒鐘才加上去，要不然直挺挺的蜂窩形酥餅底部就會軟化，造成整個倒塌下來，掉入醬料裡，變得軟綿綿的，噁心死了。*Sauver*®的客人值得獲得至高無上的服務和酥脆可口的餐點，而不是一堆黏糊糊的，必須用湯勺撈起的麵糊。因為這個步驟，釋懷和小唯都必須隨時準備為客人效命，動作要快，集中力要足。

「顧釋懷？」一把陌生又帶一點熟悉的聲音偏偏在這時候傳進了釋懷右邊的耳朵裡。在為另一位客人倒蛋奶醬的釋懷差一點就失手，所幸她反應夠快，沒有弄髒客人的衣服，倒是因為嚇著了對面的客人，客人把紅酒濺到釋懷身上了。

「故事懷！真的是你！」聲音重複叫著釋懷的名字。釋懷的心跳節奏驟然像脫了軌的火車一樣，全速加速。她戰戰兢兢地回過頭，果真是中學時與自己要好，比自己高三級的籃球隊長兼學長鄭毅，正對著自己咧開嘴笑。

～☀～

學長呀學長，你今年都二十歲了，頭髮、睫毛怎麼還是那麼濃密？顴骨，怎麼還是這麼高？身體怎麼還是這麼挺直，這麼帥氣？然後，江釋懷你呀你，學長的出現，你的陰霾情緒怎麼就一掃而光，忍不住想傻笑？都過了十幾年了，江釋懷你怎麼還是那麼不爭氣？

釋懷在心裡頭思量著。

「哇！喔！是！嗨！學長！你怎麼會在這裡？」竊喜歸竊喜，釋懷領悟到學長身穿著西裝，而自己身穿著染著紅酒印記的侍應生制服，開始不好意思起來。

「你在這裡工作嗎？」鄭毅問道。「哎呀，鄭毅你這個人怎麼老愛說廢話嘛，人家穿著制服當然是在這裡工作啊。」學長自言自語。

「嗯……是。」釋懷下意識地整理制服，臉紅得像布料上面沾到的紅酒印一樣。

「您來這裡用餐嗎？」釋懷這才發現自己還不是也問了一個同樣愚蠢的問題。

當然是用餐啦，難不成像你一樣服侍別人嗎？

是不是遇到心愛的對象，人的智商自然會調低？以此類推，我是不是也是鄭毅心愛的人呢？釋懷在一旁發著花痴。

「是的，我的未婚妻是個吃貨。嘴巴被好料慣壞了，約會的餐廳絕不能隨便。聽說你們這家店超有名，超好吃的，我未婚妻三個多月前給你們打電話都訂不到位，還好她朋友臨時有事，把機會讓給我們，要不然我未婚妻……」鄭毅一直說個不停，但釋懷在聽到「未婚妻」三個字之後，聽覺便自動調低聲量，嘴巴自動禮貌性地上揚，切換成了「服務模式」的表情，目光卻不聽使喚地往空了個位子的第三桌望去。

那裡坐著一個後腦勺長得很好看，但臉蛋略顯普通的女人。從女人的手臂三頭肌下垂的程度，釋懷斷定這女的應該有一點年紀，究竟幾歲，釋懷說不準，可絕對要比學長大上好多年。女人束起高馬尾，身穿縫上小飛俠衣領的無袖上衣，顯然希望自己看上去年輕一點，和學長登對一點。釋懷本應對她感到嫉妒的，卻不知為何，心頭冒起的，是一陣對這個女人的憐憫。

聽說唸醫科的鄭毅學長最近才被調到位於市區的鹿阱醫院緊急部門當值班醫生。小醫生而已，薪水應該不可能太高。這個「老姊姊」應該不是拜金女……莫非！莫非鄭毅才是吃軟飯的那個，看上的是對方的錢？但不！我所認識的學長絕對不是這種男人！因為儘管家裡經濟條件還不錯，學長卻堅持在唸中學時就半工半讀，以賺取生活費。那麼苦都捱得過去，現在手頭不緊了，又怎麼還可能靠女人吃飯呢？

釋懷希望這是真愛，足夠超越學長和自己當年正要萌芽的純純戀情。

~☀~

「……好吃。」學長終於說完話，釋懷也才得以從他銷魂的聲線中清醒過來。

「這裡的東西確實不錯吃。」釋懷贊同。可她下一句就撒了謊：「他們的用料超新鮮的，只是比較醜而已。」她笑了笑，心虛地又整理了一下制服。她最清楚的，「新鮮」這兩個字對於*Sauver*®好像不太適用。

「江……釋懷……釋懷你……不是姓顧嗎？怎麼變江釋懷？怎麼換姓氏了？」鄭毅指著釋懷制服上別上的員工牌子「江釋懷」三個字。

釋懷感覺耳朵有點發熱。她要如何向心儀的學長解釋事情的來龍去脈？

解釋了，他會理解嗎？理解了，我們之間被暫停了的感情會自動縫合嗎？兩人的距離能馬上拉近嗎？兩人能再續前緣嗎？還是那原本便已脆弱的緣份早已被時間磨損得消失殆盡？

釋懷考慮著該如何回答，然而餐廳此時處於繁忙時段，實在不適合長篇大論。

「喔……我真是遲鈍啊！那是因為你結婚了啊！『江』是你先生的姓氏，你婚後跟他姓是當然的！是是是是。」鄭毅一副恍然大悟的樣子。

「不！不是這樣的……」釋懷慌了，想澄清。即使學長已經有了女朋友，但她絲毫不介意對方給予自己的關注和關心，即便是施捨，有多少給多少，她都很願意接受，也很樂意回收。因為無論是出自於禮貌，還是餘情未了，這都表示鄭毅曾經、如今，也仍然在在乎她。她享受這一丁點學長在那位高馬尾女士身上用剩的溫暖。

「不用不好意思。跟丈夫姓這事很正常！」鄭毅突然將親切和興奮的表情收起，換上一張疏離的臉孔，冷冷地說，令釋懷有些不知所措。這是她不曾見過的學長的另一面。

「好啦，我回去了。替我問候江先生！」學長的話音未落，就已經轉身回到自己的座位。這時的鄭毅學長連假裝下去的力氣都省了，就像一隻土狗，把愛情的殘骸給啃得一乾二淨後，連一塊帶肉的骨頭都不留給釋懷。

釋懷愣在一旁，恨不得腳底的地板突然崩塌，將自己吞進去。但她更恨不得追上前向學長一次過好好地說個清楚。可她要如何解釋，自己姓「顧」，也姓「江」。

古法傳統湯麵館

顧釋懷十三歲時便成功以將近滿分的優異成績考入鹿阱市最好的私立中學。身為偉大工程師顧浩天的大女兒，沒有人會對這樣的成績單感到訝異。即使天資不是遺傳的，如此良好的家庭環境多少都會對這女孩的智力發展有所幫助，家教、教科書……一樣都不會少。可沒有人會相信，好成績是釋懷自己讀出來的，跟她的家庭一點關係也沒有。他們家的真正情況，知道的人寥寥無幾。大家都在知道她的父親是誰之後，自動認為她就是全能完美的女孩，越看她越順眼。

覺得釋懷看起來順眼的，還包括了一個當時唸中四的高富帥學長，叫作鄭毅。

當其他人因為顧浩天而藉故想靠近釋懷時，鄭毅卻從沒在交談時提起過她的父親。所有的眼光全給她，所有的話題全只聊她，主題從來不偏離釋懷她這一個人，還有她平時愛或者不愛做的事，愛或者不愛吃的東西。

一朝被蛇咬，十年怕井繩。年紀小小的她就已經有過不少追求者，結果發現全都是父母派來搭線的。釋懷一開始也對鄭毅心存懷疑，覺得他一定另有陰謀。再說，或許是因為她自小就沒有受過父母親太大的重視或太多的誇獎，她從不相信自己持有何等的魅力和特質，能引來另一個人對自己如此高的關注率。

學長因為濃眉大眼，品學兼優，身旁「揮之不去」的「蝴蝶」還真是不計其數。這些女生都叫自己「鄭太太」。釋懷花了大約一個半月的時間觀察鄭毅學長，看看他是不是對每一個人都這麼投入。結論是：不。學長對於那些他不感興趣的女生總是有一搭沒一搭地，話沒說完就急急地想開溜。但在釋懷身邊，他反而願意把步調都慢下，遷就比自己矮一大截的學妹的腳步。

畢業生的課業繁重，學長依然每天堅持送釋懷回家。當時兩人家裡其實都有司機接送，不到五分鐘就能到家。但為了爭取相處的時間，他們寧願花半個小時的時間散步回家。他們從校門口左轉，會先經過一家奶茶店。釋懷對於奶茶不感冒，興趣缺缺是因為她覺得奶精和糖漿覆蓋了茶葉應有的香氣和口感。於是，兩人每天都會在奶茶店點一杯無糖無奶的冰紅茶才上路。

兩人的感情就像一杯浸泡著茶葉的紅茶，開始的時候清淡但清香；時間一久，顏色就漸深、味道漸濃。每天回家途中獨處的半小時對鄭毅和釋懷來說已經遠不足夠。學長開始在晚飯過後往釋懷家裡跑。顧家的幫傭對他見慣不慣，聽他一敲門，連女主人江素娘都不報告，就開門讓他進來家裡了。

鄭毅藉著給釋懷補習的名義，在她房裡待了無數個夜晚。在那無數個夜晚裡，兩個熱血少年的耳朵享受著彼此嘴巴說出的笑話、發出笑聲，還有那些隔著衣服，僵硬而不自然的擁抱。

他們在擁抱的當兒，心跳聲響得在耳朵裡都聽得見。兩人全程不敢直視對方的眼睛，害怕這樣會演變成親吻，害怕親吻會延伸成貪婪擁有對方承諾和未來的欲望，害怕欲望會促使自己失控地將隔開兩人關係的那一層該死的曖昧都扯爛。那一句未說出口的，確認兩人關係的話，是兩人最後的防線。

如果只是掛著「可能成為男女朋友」的名義的幸福，都那麼美好，那麼確定成為男女朋友的幸福呢？

兩人無時無刻都想知道那道飄渺的防線底下，究竟是一顆長得什麼樣的心？防線底下的那顆心若知道愛情的存在，究竟會起什麼樣的反應？學長學妹兩人想得書都唸不下去，飯也咽不下去，白天想，晚上想，連做夢都在想這件事，說不出是種折磨還是享受。

於是在學長畢業前的一個星期，他們擬了一份協議書，決定文明地處理這件事情。兩人將協議書放在釋懷的大床中間，各自站在睡床的兩邊，背對著背，把自己想說的真心話全都寫在紙上，閉上眼再回過身。

「一、二、三！」學長和釋懷很有默契地數著，然後睜開眼。

一次的「坦誠相見」，證實了對方是絕對想要自己的。兩人少年且完美的身軀每一寸肌膚都散發著熱氣，彼此隔著超過一米的距離都能感受到對方的體溫和炙熱的眼光。但他們誰也都沒有越過那條防線，沒有人的身體部位超越協議書的所在之處。那年他們都未成年。但都正值年輕歲月的，最好看的他們，為彼此製造了一個這一輩子最坦白、最美麗的回憶。

「顧釋懷。故事～懷！你的名字真好記。」鄭毅學長從釋懷房間窗口離開時這麼告訴她。

「學長的也是。鄭毅、正義。」釋懷也不遑多讓。

釋懷真心祈禱鄭毅學長會因為自己的名字好記，而永遠不會把她給忘了。

～＊～

學長畢業後到另一個城市唸高中。那年釋懷才十四歲，父親顧浩天就忽然在凌晨，當大家都還在睡夢中時，離家出走了，從此音訊全無。母親江素娘當時並不知情，因為父親一直都有早出遲歸，甚至幾天不回家的紀錄。

顧浩天是一名非常成功的工程師，人長得英姿颯爽，口才好，經常上報，在開發前的鹿阱已算是個名人了。鹿阱市的不少男人一旦有錢了，就會在外頭花天酒地、養小三、小四。雖然釋懷母親江素娘從不過問，但在心底她已經認定丈夫也與那些人同流合污，於是認命了。然而存有古板思想的素娘認定自己的角色，便是必須為了這個家，為了自身和孩子們的溫飽，執行妻子的責任，忠心地愛著丈夫，即使丈夫已經不愛自己了。

在過去的社會裡，丈夫興致來了，想高談闊論，做妻子的就得靜靜聆聽；丈夫肚子餓了，想吃什麼，做妻子的就得快快地為他做點好吃的；丈夫興致來了，想和妻子溫存，做妻子的就必須乖乖地配合房事。江素娘把所有委屈都吞下肚，以沉默對待一切，久而久之，就連話都忘了怎麼說，連話都不再說了。

~ ⁕ ~

你或許會問：「都什麼時代了，如此現代化城市裡怎麼還會有如此封建思想的女人存在？」江素娘並不是鹿阱當地的人，在鹿阱舉目無親。一個鄉下女孩中學都沒唸完就在一次顧浩天到鄉間開發工廠，在大排檔吃飯時，被他相中。

顧浩天告訴江素娘，她那天給他端來親手做好的包菜卷，是他一輩子吃過的，最好吃的料理；而她，則是他見過的，最脫俗的女孩。雖然只有過一面之緣，顧浩天每想起江素娘，還有她就像外太空直射進來的光束，炯炯有神的目光，整個胸腔都像灌滿了氧氣一樣，整個人精神抖擻，工作起來特別起勁。

「江素娘，你是我的繆思，帶給了我無限的靈感與快樂。我希望從今以後能天天都留你在身邊。」顧浩天在一個月後返回大排檔當衆向江素娘單膝下跪，舉著一枚鑲有巨大鑽石的戒指求婚。

顧浩天的話，江素娘信還是不信，對她自己來說其實並不那麼重要。她只是不想一輩子都待在這個鳥不生蛋的落後地方。顧浩天對她而言，正是一張往大城市展翅高飛的機票，況且這張「機票」並不是什麼滿身銅臭味的油膩胖老頭兒，而是一個樣子長得還不賴，有學問、有涵養，還特別喜歡吃她做的包菜卷的天才工程師。

就這樣，當時十七歲的江素娘不顧家裡的反對，隻身嫁到了鹿阱，嫁給了比自己年長十歲，事業正如日中天的顧浩天。

~ ⁕ ~

新婚的前兩年裡，夫妻異常恩愛，房事和諧，很快就生了顧釋懷。

可惜就在素娘忙著照顧新生兒的那一刻開始，顧浩天就開始藉著工作之故，在外過夜。久而久之他連藉口都省了，乾脆連家都不回了。當時的釋懷只是個襁褓中的小嬰兒，當然不會理解，母親夜夜都躺在空蕩蕩的雙人床上哭到睡著這個畫面。

背井離鄉的江素娘在鹿阱舉目無親，也沒什麼朋友，連個銀行戶口都沒有。顧浩天當時發誓過會好好照顧妻子的，什麼會給她大把鈔票花……什麼有他就夠了，要什麼銀行戶頭呀？要朋友圈來做什麼呀？起居飲食開銷都全靠丈夫的江素娘，豈敢質問自己在這個家庭的地位？她開始懷疑丈夫是否嫌棄產後的自己身體總是瀰漫著一股嬰兒嘔吐的臭味；開始懷疑丈夫是否因為她腹部皮膚絲絲的鬆垮而感到厭煩。江素娘可悲到只懂得一起床就必須化著妝等著丈夫回家。她並不知道自己不管有無化妝，在顧浩天眼裡一直都是那個目光閃爍的繆思。

莫非問題就出在寶寶的身上？

釋懷唸小學前就聽過不少家裡的客人形容，自己未學會走路以前，是個長得不怎麼可愛的嬰兒。釋懷看過那些報章雜誌報導的照片，她自認在外表突出的雙親懷裡，簡直是個醜陋的怪物。因此，她在長大一點的時候就經常懷疑，自己要是長得再好看一些，父親會不會更常回家？

但事實跟孩子的長相一點關係也沒有。況且釋懷自小學開始就變漂亮了，而且特別愛笑。出世的頭幾天，釋懷雖然長得不漂亮，但愛笑的她令顧浩天愛不釋手，聲稱一見到這孩子，什麼心事、心結一瞬間就解了，就釋懷了。於是給她取名「顧釋懷」。

那為何長漂亮了，顧浩天反而更不回家？釋懷反正就是猜錯了。這種自責和內疚心理在許多雙親離異的孩子身上頗為常見。

就在幾年後，在顧浩天偶爾半夜回家的那麼幾次當中的一趟，江素娘就又懷上了第二胎。這回，是個眉目清秀的兒子。顧浩天一看，心裡更是喜歡極了，開心地通過公司發表公告，宣佈自己喜獲麟兒，取名「顧非凡」，還說，這孩子氣質「非凡」、氣勢「非凡」，長大一定是一個「非凡」的人才。

可笑的是，兒子再怎麼人見人愛，也依然得不到父親的心。顧浩天在他誕生的第四天，又開始不回家了。

~✳~

終於來到重要的那一天，也就是釋懷十四歲生日的前四個月，顧浩天一整天沒見人影。

起先大家都不以為然。

直到當天傍晚正要開飯的時候，顧家的律師帶著一個抹著濃妝的女人來到他們的住所，告知江素娘，顧浩天房子和公司唯一股東的職位已在前一天被他親自以一塊錢轉讓，所有人必須馬上離開。

新屋主甚至連一聲招呼也不打，收拾行李的時間也不給，就將他們母子三人趕出房子。

釋懷記得清清楚楚，當時穿著家居服的母親並沒有抗議，一起身便拉著她和弟弟非凡的手準備離開。釋懷不服，衝進房間想帶走自己的一些衣服和存款，卻被律師阻止。他說：「顧先生在轉讓這棟房子的時候，是連裡面的所有東西，我指的是東西，不是人啊，一起賣給這位女士的。」

「不過傭人必須先留下來打掃。首先，還不趕快把髒的、爛的、噁心的統統扔出去。」那女的就只說了這麼一句話，並在說「髒的、爛的、噁心的」時，食指分別指著非凡、江素娘和釋懷。

釋懷想推開人渣律師，重回房裡去取重要的隨身物品，卻發現自己動彈不得。原來自己的袖子被母親使勁兒地扯住，令她無法繼續掙扎。江素娘明白事理般對律師點了點頭，再摸了摸弟弟的頭，對他微微笑，便頭也不回地往前走，沿著前院的走道，永遠地走出這個曾經舒適、安全的家。他們三人在被新的屋主趕出居住已久的房子之後，身無分文、無處投靠。

～✳～

彎彎的車道很長，三個人走了許久，才終於到達院子的鐵門。釋懷表面上倔得很，但內心充滿著恐懼與無助。她頻頻回頭望，心裡祈禱著屋裡有人突然良心發現，開門叫他們回去，說是可以讓他們住到找到新居為止。

可惜沒有，沒有聲音。

她又想，她們母女平日待幫傭們不薄，當中起碼該有一兩個看不下去，跑上前給他們塞些錢買些吃的。

也可惜沒有，沒有人影。

母親當時的樣子，釋懷記得很清楚：一頭凌亂不堪的捲髮，剛退妝的臉蛋更顯蒼白。釋懷從不知，這世上原來會有人能在面無表情、不顯任何情緒的情況下，流著行行眼淚。

「媽媽，不如我們到麥麥家去待一個晚上，明天再決定怎麼辦，好嗎？」釋懷向母親建議到自己閨蜜家避一避風頭。麥麥一家人都是父親的好朋友，絕對不會拒他們於門外的，這點釋懷非常肯定。

江素娘果斷地搖搖頭。釋懷突然領悟到自己沒考慮母親的感受。畢竟他們是被父親趕出家門的。基於面子問題，母親怎麼可能答應投靠父親富有的同事或朋友？再說搞不好，大家都是串通好的，是一夥的，想成全父親的新家庭住進來。新的女人，一定比江素娘年輕漂亮、能幹有學問，跟顧浩天更門當戶對。搞不好就是那個把他們驅逐的妖豔女人。

「如果丈夫心裡已經沒有了自己，千方百計想把自己取代掉，那麼死纏爛打、苦苦哀求有什麼用？如果連僅有的一點尊嚴都不留給自己，那乾脆別活了。」媽媽一定是這麼想的。釋懷百分百確定。

自己的母親沉默的這些年，很多事情，釋懷都必須通過察言觀色來理解。久而久之，釋懷發現自己變得更善良，更善解人意了，尤其對母親。她學會如何從她的角度看事情，處處為她著想。

只不過，她多希望媽媽就算婚姻不幸福，也至少能因為看到女兒變得懂事而感到一丁點兒欣慰。她不乞討母親時常的關注，只求她能偶爾察覺到自己的孝心，為此多看自己一眼，多疼疼自己。

可惜，母親眼裡就只有弟弟，從睡醒一睜開眼開始，視線就不曾離開過他瘦小的身軀。憐愛的眼神給他，驕傲的眼神給他，幸福的眼神也給他。母親給弟弟非凡的，永遠都只有陽光，做姊姊的釋懷，世界裡就只有母親給的下雨天，就只有淚水和嘆息。

莫非是緣份，還是因為母親受的教育不多，重男輕女的觀念還根深蒂固地左右著她的思想？否則為什麼釋懷再怎麼努力，始終都只能得到母親給非凡之後所剩下的愛？

然而，對釋懷而言，這些都無所謂了。剩下的就剩下的吧，至少母親有給自己些什麼，有什麼，是什麼。如果母親哭成了災，那自己就變成一顆浮萍吧，浮萍可以浮在母親給的過多的雨水上面，靜靜地等著，說不定陽光哪天就到來。釋懷希望出太陽的那一天，她能第一時間感受到，就算這些陽光是母親給弟弟後的餘額，是綠洲蒸發之後的荒蕪，她也樂意擁抱，樂意去撿、去拾。

無所謂，母親疼弟弟多過自己不過是一件小事。因為此刻的當務之急是找地方落腳，姊弟倆，母親比較重視誰，真的都沒關係的。眼看夜的顏色越來越接近黑，釋懷能感覺自己的意志也正在一寸一寸地崩裂，感覺三人就快要被擊垮了。

~✳~

「那楚蒂呢？楚蒂去年跟我蠻要好的。」釋懷問。

楚蒂一家跟父親沒有來往，楚蒂的媽媽看上去應該能算是江素娘少有的朋友，有事沒事就往釋懷附近幾家人串門子。她特別喜歡到釋懷家裡做客，因為她們家總是有可口美味的糕點吃。釋懷的母親雖然受的教育不多，可廚藝、烘焙手藝屬一流，楚蒂的媽媽總不請自來，說是希望能趁機在旁偷師，但其實更想「順便」帶一堆免費的糕點回去慢慢享用。她從不客氣，而且邊拿邊說：「你們母子仨反正吃不了這麼多，留給家裡的下人，太浪費了。我來幫你解決你的煩惱。高血糖、高脂肪、高血壓……就由我們一家人來幫你們承受吧！」

只不過呢，偷師偷了好幾年，釋懷都不見楚蒂她們做出什麼像樣的糕餅。要麼是她們沒天份，不然就是楚蒂媽媽喜歡佔釋懷母女便宜，是專門來騙吃騙喝的。江素娘雖從沒什麼表態，釋懷卻一直牢記在心底，誓言總有一天一定要討回公道。

「走吧媽媽，楚蒂她們這幾年吃了我們家那麼多好東西，就當欠我們的。這次咱們給她們一個報恩的機會！」釋懷理直氣壯地說。母親又搖搖頭。釋懷氣餒了。但其實她也是明白的，楚蒂媽媽貪婪的嘴臉，說真的，自己見了也受不了，更何況是在她們家住。

~☀~

「要不找個飯店住住，總不能睡街上吧！」釋懷換了個輕鬆的口吻問母親。可話才剛說出口，後悔馬上就趕到。剛才新屋主那麼壞，別說貴重物件，連隨身物件都不讓他們帶走，穿著家裡便服的他們，身上身無分文，哪來的信用卡，哪來住飯店的錢？

「我不要散步了！我要睡覺！我要回家！」一路被拖著走的弟弟，似乎剛從驚嚇中驚醒，終於忍不住崩潰了。非凡哭得鼻涕都流下來了，髒兮兮的，也慘兮兮的，令釋懷忍不住心疼地抱著他哭了。

顧釋懷，停止。顧釋懷，你這個窩囊廢，快停止！

釋懷只允許自己哭一下子。因為她還有一個柔弱的母親和一個幼小的弟弟需要自己照顧。父親幾乎從不在家，母親又這個樣子，家裡的大小事務都換由她打理，十四歲的江釋懷早已顧不得自己還是個未成年的少女，早早就長成了一副大人樣。

～☀～

要不，跟路人借點錢，買東西給弟弟吃吧？釋懷盤算著，卻打消了念頭。父親可是鼎鼎大名的顧浩天耶，大家都知道他們是誰，也知道他們家財萬貫，誰會相信他們沒錢？誰會願意給他們錢？

釋懷的推算很準確，鎮上的人都盯著他們看。當時鹿阱的市民雖然對時尚的概念還不是很瞭解，但穿著家居服上街，應該不是太正常的行為吧，尤其是略有名氣的人，出門不盛裝打扮的，更是少之又少。釋懷為了防止母親繼續難受，故意在半途拐了個彎，遠離鬧市。誰知這麼一個彎，三人在一個亮度很低的陌生領域中迷了路。

「很快的，前面就到了。」釋懷依然裝著一臉輕鬆，企圖安慰臂膀裡的弟弟和越走越慢的母親，但實際上心裡慌到不行。

都夏天了，晚間的風怎麼還這麼冰涼？

釋懷把非凡抱得更緊了，也因此更能感覺他顫抖得厲害。這小子中飯吃得不多，現在肯定餓到不行。

釋懷親了親弟弟的頭皮，發現他沒做出什麼大動作，這小鬼居然睡著了！他們三人一晚上漫無目的地逛著，一路搖呀晃呀，對年幼的弟弟來說，姊姊的舉動更像個在哄他入睡的搖籃一樣。釋懷呼了一口氣，慶幸自己在這麼絕望的時間裡，還能給弟弟僅存的一點溫暖和安撫。同時，她卻不禁開始責備自己剛剛自作聰明亂拐彎，陷大家於危險之中。

腳底的人行道開始不平坦，凹凸不平的磚瓦令釋懷屢次差點絆倒，弟弟因此被震醒。

「噓噓噓。沒事，你睡。」釋懷撫摸著弟弟的背。弟弟又重新趴在釋懷肩上，很快地就睡得身體軟綿綿的。

有點涼，找地方落腳的任務此刻更為迫切了。可是他們所在之地的路燈比市區的少了很多，路旁只有工人宿舍亮著的微弱燈光，她看不見自己身在何處。

「碰！」該死的地磚終於成功地把釋懷絆倒，所幸弟弟機靈，懂得快速往左傾，在地上翻了一個筋斗，因而沒摔得太重。釋懷趴在地上，手肘擦傷了，人更是又氣憤又氣餒。現實追上了她心裡的樂觀，將她按倒在地。失敗原來是這番滋味，比想像中還難受多了。感覺完全被打敗了的釋懷，這時還真想乾脆永遠趴在那裡不動。

「憑什麼？我們做錯了什麼？你憑什麼把我們的房子賣掉？憑什麼把我們趕出家門？憑什麼？就你？你又為我們姊弟倆做過什麼？為媽媽做過什麼？」釋懷用手掌撐起自己的身軀，對著眼前的一片黑暗嘶喊著。這些話都是說給那個缺席的老爸聽的，管他聽不聽得見，聽不聽得進去，喊出來，心裡自然舒坦一點。

但此刻追上釋懷的，不僅是現實，亦是母親。母親趁釋懷跌倒在地時，拉起弟弟從她身旁加快腳步超越了她，眼神呆滯但表情篤定地往前走。釋懷連忙爬起，追了上去，擔心母親做傻事。

才見一個寫著「馮大媽」三字的燈牌在黑暗中閃動著。

~※~

六月九日晚上的故事，馮大媽總愛不斷地重複著。給非凡講睡前故事時說，在教訓釋懷不爭氣時當苦肉計說，在自己瞬間心存感慨時說……這麼多年，釋懷聽得都能倒背如流了。

那天在已經近乎午夜的時候，麵館的最後一個客人剛吃飽要離開，馮大媽也正準備要收檔。誰知熟客沒走幾步，就立刻折返。

「馮大媽，你——你門口有人。」客人一臉關切地輕聲告訴馮大媽。在忙著刷鍋子的大媽點點頭，沒做其他的表示。

「那個……要不要我幫你把他們趕走？」他好心問。他擔心，馮大媽的麵館在郊區，深夜了，餐期已過，若還有訪客，絕不是善類，想做的，也準不是什麼好事。

馮大媽放下鍋子，關了水喉，對熟客做了一個「等等」的手勢，溼淋淋的手往腰間圍裙一擦，捲起袖子隨手抓了個湯勺，再躡手躡腳地來到麵館門邊。可她並沒有馬上探出頭。而是想先聽聽有什麼動靜。黑暗中有人在擤鼻涕。

果真有人！

手電筒猛地一打開，馮大媽和熟客一看，外面站著的是三個人：一個三十出頭的婦女和一個抱著年紀很小的男童的少女，正站在餐館大門左邊，一個被門前大樹擋去了光線的陰暗小角落。三人顯然被那天晚上的風吹得著涼了，在一旁發抖，兩個女的牙齒直打顫，連話都說不清楚。她們已沒有力氣自我介紹。

馮大媽看不見他們的臉，只聽見黑暗中傳來一把小小的聲音，問道：「媽媽，這間店……聞起來很……香……香，我……我們，可……可以在這裡……吃……吃晚餐了嗎？」

~✳~

「這真是世界上最好吃的一碗麵！」顧非凡用舌頭在塞滿麵條的嘴裡勉強整理出一條縫，大聲地對馮大媽說。老婦人被逗得哈哈大笑，拉了把鐵腳凳子坐在他身旁。「好！謝謝你的稱讚！不夠的話，跟大媽說，我再去跟你下麵條！」

「謝謝您，馮大媽。可是我們沒有錢付帳……」釋懷放下又長又寬的木筷子，滿懷感激地對馮大媽說。對方只是淺淺地笑了笑，對釋懷說：「吃吧，不收錢的。都是今天賣剩的，沒什麼肉了。你們不嫌棄就好了！」說完，瞄了一下釋懷的母親。江素娘低頭駝著背吃麵，但吃得很慢，臉色很難看。

「怎麼了，你媽？」馮大媽也不避諱，當著江素娘和顧非凡面問。

「她是前幾年突然啞的。」釋懷用左手揉了揉母親的肩膀，溫柔地說。

「剛才我客人說，你們一家子在城裡面挺出名的，怎麼會變這樣？」馮大媽嗓門挺大的，有點嚇著非凡。

「我爸他把房子……」釋懷猶豫著要不要在母親面前重提這件事，怕她好不容易才打住了的淚水又重新氾濫。

「知道了，知道了，不就『小三扶正，原配當糞』唄，馮大媽過來人，清楚！」大媽甩了甩手，豪邁地翹起一條腿，眼神充滿了諒解。

「你看，馮大媽有手有腳，不靠男人也活得挺好的！你們下來幾天先住我這，那種爛男人不要也罷！」大媽突然拍了一下桌子，力度大得非凡的麵湯都被灑了出來。江釋懷簡直不敢相信自己的耳朵！

「不過馮大媽我有個規矩。我呀，是個簡單的人。你們對我好，我就對你們好，包吃包住。可是要被我捉到你們耍大媽，騙大媽，馮大媽可是會雙倍奉還的！」大媽諒解的眼神突然轉變成兇惡，令平日嬌生慣養的釋懷忍不住打了一個冷顫。

「包吃包住？那不太好吧，馮大媽，您已經請我們吃麵，已經很慷慨了……」釋懷回過神，才剛想推辭，卻發現母親已經趴在桌上睡著了。釋懷實在沒有力氣再抱著弟弟、扶著母親在午夜時分另找住所，只好勉強答應住下。

一住，便是十三年。

江釋懷與顧釋懷

「馮大媽」是一家古法傳統湯麵館。這種麵館，在十三年前的鹿阱市到處可見。但「馮大媽」的名氣在當時還算是響噹噹的。麵館只供應四種麵食：

五香牛肉麵

香脆雞扒麵

滷汁豬肉麵

麻辣魚片麵

儘管如此，但每一種的份量大，味道足，再淋上馮大媽自製的辣椒蔥油醬，加上一大勺的炸黃豆，吃得飽，吃起來還特別有家鄉菜的味道，最吸引藍領階級以及建築工人了。

這家牆壁用紅磚塊築成，屋頂用紅色陶瓦鋪蓋的小麵館，外形並不新潮，但來光顧的客人才不在乎。他們全是穿著背心、滿身臭汗的大叔們，個個粗獷粗魯，說話的聲音更只能用「震耳欲聾」四個字來形容。他們用他們粗粗的左胳膊握住瓷器大碗，再用他們粗粗的右手夾住的筷子快速地把一大撮一大撮的麵條扒進嘴裡，然後用力地將剩餘的麵條「咻」的一聲吸進嘴裡。麵條進嘴了，接下來咀嚼肉塊和大口喝湯的聲音更是一點也不收斂。

這些工人叔叔從不給小費，也不懂什麼是「給小費」。不過，不懂禮儀也有好處，大漢們都只付現款，從不賒帳。儘管他們給的都是一張張皺巴巴、溼答答的鈔票，然而少了信用卡的手續費，一家餐館所能賺取的收入其實更多。

那些鈔票上飄散的汗臭味、沾上的水泥印以及含有機油味道的指紋印，江釋懷記得一清二楚。她懷念，卻也厭惡那個味道。

當時她因為太笨拙，在廚房只會幫倒忙，就被大媽派遣到櫃檯當了幾個月的收銀員。這是她一天當中最討厭的時段，因為工人叔叔們在吃完麵，付錢之後，總會順道捏一捏她圓潤潤的臉頰。當時她已經十四歲，不再是兒童了，男人們這麼摸她算是一種性騷擾，她卻只能為了生計忍氣吞聲。誰讓她都變少女了，還長得這麼可愛？誰讓她寄人籬下？

~ ⁕ ~

還記得剛住下來的頭幾天，江素娘、釋懷和非凡一到午飯或晚餐時間，都只敢坐在麵館外頭，等客人走了才進來打掃。江素娘自卑，覺得自己沒有什麼本事，兩個孩子又小，待在麵館裡只會礙手礙腳，在房裡歇息又過意不去，於是一家三口只好一直坐在水泥地上，呆望著工人們進進出出。

可是江素娘沒有考慮到，再這樣子下去，客人都會誤會麵館外面坐著三個要飯的，進而影響麵館的形象和生意。於是，馮大媽終於有一天看不下去了，在麵館準備營業之前，將江素娘和釋懷兩個揪進廚房，給了兩人各自一雙長筷子，教她們怎麼下麵。

釋懷自小就有傭人服侍，沒做過飯，自然笨手笨腳的，麵條煮出來不是生的，就是軟爛得夾不起來。倒是江素娘的廚藝不錯，麵條軟中帶咬勁，大媽便允許她在廚房幫忙煮麵。江素娘雖然嫁得早，唸得書不多，但學起東西倒是很快，再加上之前就在與顧浩天相遇的大排檔幹過活，不出三天，江素娘煮出來的湯頭，味道已可媲美馮大媽的了。

不久，馮大媽的「五香牛肉麵」、「香脆雞扒麵」、「滷汁豬肉麵」和「麻辣魚片麵」已經不再需要馮大媽經手了。

~ ⁕ ~

釋懷也發現，年輕時候在大排檔打過工的母親，除了有一點烹飪和烘焙的天份，還很有創意、敢嘗試，手巧，心又細。因此釋懷要是陪馮大媽到鎮上辦事時，一定會要求到圖書館借書，旅遊書給自己、故事書給非凡，還有一些各國料理的食譜給母親。

釋懷從未看過自己母親在做任何一件事情的時候，如此專注。江素娘在廚房裡，眼神是炯亮的，嘴角是上揚的。即便她打從在馮大媽廚房裡工作開始，沒有領過一次薪水，更沒有過一刻休息，她卻絲毫一點怨言也沒有，連眉頭都沒有皺過一回。

晚餐最繁忙的時間一過，是江素娘一天內最盼望來臨的時刻，因為這表示她可以一個人在廚房鑽研，如何將今天賣不完的食物再循環，做成隔天的特製餐點。

煮過頭的肉太老，切片的話恐怕會變得很乾很柴，江素娘就將瘦肉剁碎，和上一些肥肉還有一點蛋白攪拌在一塊，做成肉餅；用不完的青菜則可以加一些醋和糖，醃製成酸菜；馮大媽有時預算錯誤，麵條擀多了，因為是新鮮的，隔天就會發酸發臭，江素娘就先將麵條處理、冰好，隔天再用熱油炸香。

~ ⁂ ~

下來的幾個月，麵館的生意出奇地好。據說許多工人都聽說馮大媽廚房多了一個美女，而且還是個啞巴，故意過來瞧瞧，順便吃個麵。但是江素娘的野心不僅於此。她打從心裡希望顧客群能從粗獷的建築工人，擴充到所有懂得欣賞美食的人；她希望家鄉菜能變身成為經典小吃。於是她斗膽配製的一些中西合璧的小菜，在幾個人試吃成功之後，便被馮大媽以半賣半送的方式推出，結果大受歡迎。

新菜式包括：

迷你東方漢堡

肉丸拉麵意粉

炸麵條纏肉條

月佬紅線手鍊

中式雞塊沙拉

當中要以麵條代替麵包的「迷你東方漢堡」還有用蘿蔔絲串碎肉丸的「月老紅線手鍊」最深得人心。每道小菜的用料跟湯麵的佐料一樣，無須另找供應商，在時間和金錢上都比較有經濟效應，令馮大媽非常滿意。

不起眼的小小麵館，在推出江素娘創新的菜式後，居然在「馮大媽」營業的最後三年裡，升級成為城裡喜歡到處覓食的吃貨樂意光顧的餐館。漸漸地，這家紅磚牆小麵館的店口也開始有了排隊吃飯的長長人龍。

~ ☼ ~

然而一旦碰到客人多、店裡忙的時段，馮大媽的脾氣就會變大。首當其衝的總是在麵館裡招待客人的江釋懷，令她頻頻萌生出走的念頭。畢竟自己那年都已二十出頭，屬成年人了。擁有自主能力的她，實在無須在這種簡陋的麵館裡當馮大媽的出氣筒。

也正如馮大媽自個兒說的，自己確實不是什麼天使。馮大媽雖從不拿江素娘和弟弟怎樣，但是她從不給釋懷和母親發工資，她們兩人要是不小心打破碗碟，還必須記帳，說要看哪天江素娘有錢了，必須一一償還。除此，大媽也管不住自己的嘴巴，曾三番四次在幾杯白酒下肚後，開一些殘忍的玩笑調侃釋懷他們的處境。

弟弟還小，不諳世事。母親就算聽懂，也因為緘默症不會反抗。釋懷看著柔弱的母親，心裡也有數，今天就算母親能張嘴說話，大概也不會頂撞馮大媽。要不是馮大媽那晚的收留，釋懷一家人恐怕都得露宿街頭了；要不是馮大媽，非凡也不可能長得那麼快，那麼好。

儘管馮大媽待她們不薄，卻也沒有給她們母女分紅的意思。她從不會將一天所賺取的收入分給任何人，而是不帶一絲不好意思地，直接放進自己的口袋。對她而言，母女工作的工資已經用來支付租金和伙食費了。

釋懷一家三口除了住宿和伙食費，其實還有其他開銷得付。教育方面需要買的，一樣也不能少。釋懷之前讀的私立學校不用說，學費過於昂貴，如今當然是唸不成了。但課本還是得買的。江素娘堅持釋懷一有時間就讀書，就算不參加聯考，學業也不許落後；而弟弟當時再過兩年就要上學了，也總得要繳學費。至於讀什麼學校，還沒決定好。

釋懷預感，留在馮大媽這裡，雖然飽暖，但一切生活都將停滯不前，沒有娛樂，沒有朋友。她連異性朋友都沒有。正值美好年華的釋懷也渴望能重新體驗之前和學長擁有過的戀愛感覺。對於這周而復始的端菜生活，釋懷早已感到厭倦。

只不過，母親和弟弟是釋懷在這世界上唯一的親人、唯一在乎的人。他們過得好，自己也就好。他們現在很好，真的很好，甚至比住在豪宅裡的時候還好。為了維持這個現狀，釋懷知道自己就算受了再多委屈，都必須忍耐下來。

釋懷屢屢這麼催眠自己，即使這樣不夠，也不夠好，媽媽有了笑容，弟弟健康機靈，這樣就該滿足了。

～＊～

然而在過去那麼多年裡，釋懷也不是沒有慫恿過母親離開麵館，離開鹿阱，可是素娘就只是搖頭表示不同意，然後微笑著繼續做菜。釋懷諒解母親在這裡很快樂，能遠離目光，暫時忘卻不快樂的婚姻，可釋懷總是覺得母親還能做些什麼，至少為她這個女兒做些什麼！

「媽媽，你好自私。」釋懷終於忍不住對母親說。

~☀~

週一中午是馮大媽麵館生意最冷清的時段，因為週末有好多工人回老家，長途巴士要到週一下午才抵達。江素娘向大媽請了假，借了一些零錢，帶著釋懷和弟弟到鹿阱市中心的派出所，目的是為了證明給釋懷看，除了馮大媽，這世上再也沒有人能解救他們了。

果真，當釋懷在派出所將事情的來龍去脈有條不紊地說給警官聽，說得口水都快乾了之時，警官卻擺擺手說：「對不起，這個案子，我們真的無能為力。」

原因有好幾個：一、顧浩天並沒有正式跟江素娘離婚，沒有必要支付贍養費，所以江素娘領不到贍養費，孩子們也得不到撫養費，法律同時無權追討；

二、顧浩天合法地將房子轉讓，新屋主有驅趕江素娘和孩子們的權利，沒有人犯法；

三、顧浩天沒死，江素娘不能向地方政府申請寡婦津貼，釋懷和非凡也不是孤兒，領取不了社會福利。三人離開後沒有嘗試與父親聯絡，以致雙方失聯許久。雙方失聯不一定就是一方失蹤，如何申報失蹤人口？就算顧浩天真的失蹤，還未達到七年之久，不能辦理死亡登記；不能辦理死亡登記，江素娘就不是寡婦。

警官解釋得再清楚，釋懷不服就是不服，站在櫃檯前死賴著不走。她才不管後面排的隊伍多長，她才不信世上有誰的案子比自己的重要。

「你們請回吧！」剛才負責案子的警官走開了又折返，想趕走他們三人。釋懷母親識趣地點點頭，向她做了一個「不是早告訴你了嗎？」的手語。正當釋懷氣煞地想反駁之時，派出所櫃檯後的一名年紀較輕，階級較低的警員叫住了他們。

「等一下。對不起。這位妹妹，你的母親，這樣子……我是說，你需要用手語溝通……多久了？」他問。

顯然地，他是從外地派來的新人，不認識顧浩天一家人，也沒聽說過江素娘母子仨被趕出家門的傳聞。

釋懷眉頭一開，馬上又鎖回去，哭喪著臉說：「我的母親自我出生以來就一直是個啞巴。」

江素娘有些錯愕，女兒怎麼會撒這種謊？但她也深知對警官撒謊的事態嚴重性，不好拆穿。弟弟則因為對自己兩歲之前，母親曾每晚對著自己唱童謠哄他睡覺的事完全沒有記憶，所以也用力地點頭。這一幕肯定引發了年輕警員的惻隱之心。

「聾啞人士其實能申請傷殘津貼，他們的孩子也可以。但這位女士，你必須證明他們是你的孩子。」警員告訴母親，說話的速度很慢，以為母親也聽障，需要靠讀唇語來理解他說話的內容。

「你必須到醫生那裡做檢查，證明你是聾啞人士，然後拿著報告到社會福利署去就可以了。孩子則需要做 DNA 親子鑑定。這些費用可以之後在福利署退款。」年輕警員這段話重複了兩次，第二次對著釋懷說，因為深怕江素娘沒聽全。

一切完成了之後，母親在兩個月後成功領到了少許的傷殘津貼，臉上居然露出了小小的欣慰表情。釋懷希望那個表情是母親專屬為她這個女兒而發出的，因為這次的功勞，非釋懷莫屬，沒有其他人有資格分享。

令釋懷驚訝的是，一向膽小的母親居然在離開派出所之前，把心一橫，讓兩個孩子都跟自己姓。弟弟「顧非凡」改名為「江非凡」，而「顧釋懷」則變成了「江釋懷」。

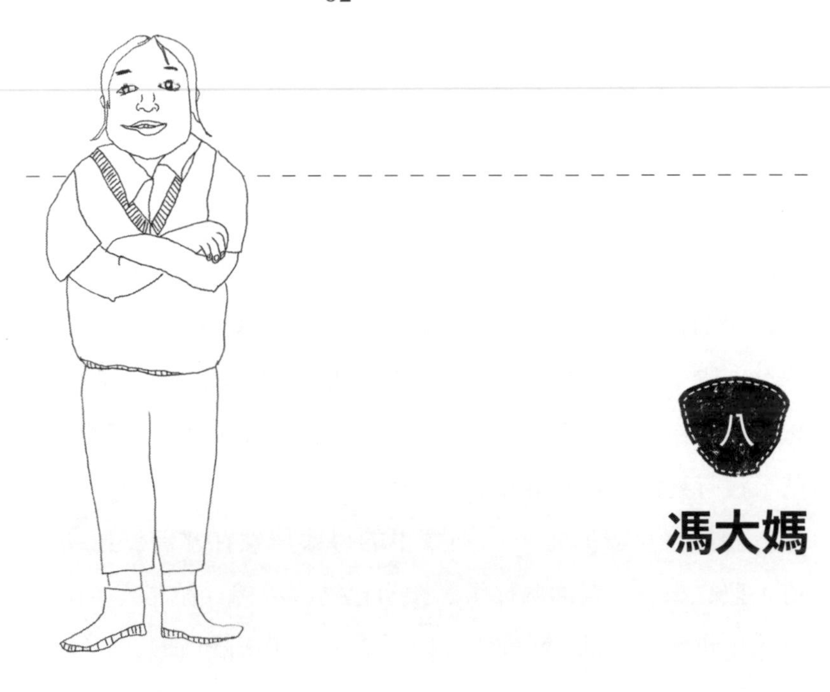

馮大媽

馮大媽是江素娘、釋懷和非凡的恩人，毋庸置疑。大媽口頭上說自己並不是慈善家，收留他們三人主要是因為麵館裡缺人手幫忙，但釋懷清楚，馮大媽經營的根本是小本生意，其實健碩的她一個人即使忙一些，壓根兒還是可以應付得來的。麵館菜單上雖標明四種麵食，但用的全是一個湯頭。馮大媽可以事先就把肉類和麵條準備好，客人點餐後只需下麵、收錢，一個人做綽綽有餘。

但她還是請了釋懷的媽媽江素娘當廚房助手，也給毫無經驗的釋懷開了一份小差：打雜。另外，她清出了一個原本她用來存放食材的小房間，添購新的床褥讓釋懷一家人住下來，還為他們三人添購新衣服。

十幾年後的如今，十幾年後的同一棟樓裡，同樣是吃飯的地方，客人卻是變優雅多了。*Sauver®*餐廳的紅磚外牆漆上了一層夢幻的淺蜜桃色油漆，配合換不了的屋頂紅色陶瓦；「馮大媽」麵館原本印在玻璃門上的「歡迎光臨」四個字，被釋懷用溶劑和除漆鏟去除掉，花了她整整一個星期的時間，頑固得和原本店主馮大媽一樣；水晶燈飾和屋內擺設也換上了一些跟二手店購買的；被撞爛了、蟲蛀了的桌椅丟了不少，室內還裝了空調。雖然都是二手的，有些小殘缺，但好在不明顯，足以讓整個氣氛和裝潢比之前的高級許多。

唯有廚房獲得全新的裝置：兩個巨型冰箱。然而除此之外，廚房裡面的擺設，還有主廚，都跟之前「馮大媽」麵館時的，一模一樣。還有，還有那把他們一家三口初次到「馮大媽」麵館的那個晚上，大媽坐著的鐵腳凳子，還保留著。

每當釋懷端菜端累了，厭了的時候，就會藉機從廚房門的窗口往裡頭看。看見那張凳子，還有那同一名綁著頭巾、面帶微笑的中年女子如常一般埋頭苦幹，釋懷心裡就踏實一點了。因為她知道，母親從一個只會做包菜卷和甜點的女人，蛻變成了一個找到自己愛做並擅長的事情的人：做菜的烹飪能手，也因此開啟了自己非常成功的事業。

不過這一切還是要多多感謝馮大媽的壞脾氣。當初要不是她忍受不了自己一個人在廚房忙著煮麵，又要招待客人，而他們一家三口卻只懂得坐在麵館外面，睜大著眼睛不幫忙，她也不會喚起母親烹飪的才華與熱情。

母親有今天，真全要歸功於馮大媽。

~ ☀ ~

那麼我呢？馮大媽又幫了我江釋懷什麼？除了罵我、諷刺我，拿涼瓜打我，她為我做過什麼好事？

釋懷不禁經常這麼懷疑。

其實釋懷算術不錯，人也機靈。在寄人籬下的日子裡，她做飯不行，但勝任收銀員綽綽有餘。可惜她最終因為屢屢犯錯，而被馮大媽「撤職」，轉當端菜的服務員，從此練了一身端菜的好功夫。但釋懷不甘於此，在從事侍應生的同時，也趁機從馮大媽那裡學會如何打理一家餐館，至此學得一技之長，日後才能學以致用，用在經營 *Sauver®* 這麼一家程式複雜的高級餐廳上。

可是找錯錢這件事能真的怪我嗎？

當時的釋懷一邊為麵館收錢，還必須一邊照顧才四歲多一點，好動得不得了的弟弟。弟弟非凡經常趁她不注意就到屋外溜達，好幾次天黑了還杳無蹤影，待所有人擔心得決定出動警察找人時，才乖乖地被釋懷找著揪回家。

釋懷覺得讓弟弟在後院盡情地玩沙、奔跑、撿石頭，揮灑他過盛的精力，實際上是一件不錯的事，反正他玩累、餓了自然會乖乖爬回來。可是自從出動警察找人那次之後，江素娘就不停地擔心兒子會走丟，所以一步也不讓他踏出家門。素娘在廚房裡幫忙馮大媽煮麵，沒閒暇功夫看管兒子，於是照顧弟弟的職責就落在釋懷肩頭上。

釋懷嘗試過將弟弟鎖在樓上的房間內，因為這樣最安全，可是弟弟的哭聲影響食客們用餐的食慾；她也試過用一條長棉布把五歲的弟弟裹住，綁在背後，可是肩膀遭弟弟銳利的牙齒咬得皮開肉綻，還流出鮮血。最後，她拿這小子沒轍，不顧母親反對，放縱他在麵館裡頭胡作非為。

弟弟小小的身子在一碗碗的滾燙的湯麵之間奔跑，在一個個彪形大漢之間亂竄，總令眾人看得捏一把冷汗。這些熱麵端出來少說也有八九十攝氏度，濺到弟弟身上怎麼辦？工人們一個個至少一百公斤，冷不防一抬腳就把弟弟給輾過去，就算不殘廢也恐怕內傷。弟弟在前頭跑，釋懷在後面追，有時一轉身就把收銀機後的任務給忘得一乾二淨了。還好因為大多都是熟客，下次光顧時都會自動補上餘額。然而還是有些漏網之魚，見櫃檯無人就逃之夭夭。

馮大媽嘴上雖然沒說什麼，然而相信論誰都不喜歡經營虧本生意。在收留釋懷一家人的前三個月裡，馮大媽已經因為釋懷的疏忽而蒙受不少虧損。除了在收拾殘羹時不慎打破碗盤，釋懷也因追趕非凡而導致一些飯錢沒收著。錢沒賺，馮大媽反倒還得倒貼多餵三張嘴，令釋懷感到慚愧。但與此同時，她也無比地感恩。

因為那期間，條件雖然不如之前的優渥，但勝在熱鬧，勝在生氣勃勃。體重原本不及格的弟弟漸漸茁壯成長為一個健碩的小帥哥，生性調皮的他，性格也開始穩重下來。這個聰穎的非凡，甚至年年考試成績名列前茅，令有些重男輕女思想的江素娘明顯地變得開朗，變得愛笑，眼神更時不時都閃爍著驕傲的光芒。

而釋懷自己呢，則因為馮大媽的地獄式訓練，練成了一身凡事都能處變不驚，身兼多職時，還能保持腦袋清醒的獨門功夫。

~ * ~

在與馮大媽相處的十幾年裡，釋懷目睹著大媽從一個嗓門大、脾氣更大的壯碩女人，一年一點一點地凋零。在她生命的最後一年裡，大媽經常連爬上樓睡覺都成問題。於是釋懷體貼地在廚房後端隔了一塊板，放了一張舒適的小床，好讓馮大媽不方便上樓時，可以有個地方歇息。

就一個入冬的晚上，馮大媽向大家道完晚安了之後，就再也沒醒過來了。

釋懷，還有江素娘在簡約但莊嚴地處理好大媽的身後事之後的一個星期，被律師叫了過去。當時，兩人已做好心理準備，會再次被趕出家門。沒想到律師說，馮大媽沒有親人，在病危前已立好遺囑，將整棟老房子，連同麵館留給了釋懷一個人。對，不是別人，不是在廚房煮麵的江素娘，也不是她一直都溺愛著的非凡，而是這個一天到晚她都在挑剔的江釋懷，這個不稂不莠的小女生！

釋懷開始還不敢相信自己的耳朵，馮大媽不是最看自己不順眼的嗎？怎麼會把畢生的財產都留給她？她再三地向律師確認，對方只是微微笑，遞過馮大媽留的唯一一封信，上面署名：江釋懷。

釋懷匆匆撕開信封，拿出信紙，上面寫著：

釋懷，大媽已經生病很久了，兩腳一直，是遲早的事，所以非得趕緊把打理餐館的事情都教你，也把錢存夠留給你。有時脾氣是急了點，你別怪大媽呀。

再說，你母親不能說話，所以我代替她調教你。你處於叛逆期，很容易走偏，所謂愛之深責之切，一切的打罵，都是為了你好。

你是個好孩子，大媽最疼你。你一定不會讓大媽失望的。

照顧好媽媽和弟弟。

馮閨秀啟

釋懷看完信，在還未能完全搞清楚狀況前，居然笑出聲來。她從不知馮大媽的原名是什麼，看到她原來叫「馮閨秀」之後，忍俊不禁。馮大媽的形象，離「大家閨秀」遠得很呢！

然而釋懷打從心裡清楚，大媽那麼強悍，是因為她一個人孤零零的，天天被虎背熊腰的客人包圍，不學會保護自己怎行？她對周圍的人都這麼兇，對自己這麼兇，原來是為他們母子仨好，尤其希望他們姊弟倆成才。

釋懷後知後覺。過去十幾年一直覺得馮大媽吝嗇，從不給她們薪水，原來是因為想趕緊將掙來的錢都用來將房子的貸款付清。還清房貸之後，再把剩餘的都存起來，一次過送給釋懷，這樣才能確保釋懷一家從此不會再流離失所。

想到這裡，釋懷的笑容慢慢慢慢地消失，就像豔陽天迎來一層又一層的烏雲一樣，累積到了臨界點就驟然下成了一場滂沱大雨！而江釋懷的這一場無聲的雨，連續下了好多，好多天。

原來馮大媽是個大好人，而自己一直以來，都錯怪她了。

~ ✳ ~

釋懷哭了好幾天，除了內疚，也因為不習慣。家裡少了大媽的吼聲，安靜了許多，連非凡都覺得好不適應。

人走了，這段專屬於馮大媽的回憶也該摺疊起來收藏好了。釋懷向母親表示想一個人整理大媽的東西。私人物件其實不多，但收拾起她的遺物為何卻花了釋懷這麼這麼長的一段時間呢？但其實與其說收拾，不如說她在重新認識馮大媽。

在大媽的遺物當中，有一個刻著粉色牡丹花的紅木盒子，拿在手裡很沉。盒子沒上鎖，但打開一半時有點卡住。釋懷用力地掰，不料裡頭的東西都掉了出來。都是一些大媽年輕時候的照片。

釋懷拿起幾張馮大媽少女時代的照片，眉清目秀的，還紮著兩條小辮子，馮閨秀當年還真是名副其實的「閨秀」！

再下來幾張，是大媽和一個男人的合照。這位大概就是她的前夫吧，身材消瘦挺拔，算是一表人才。其中一張照片中，夫妻倆抱著一個嬰兒，兩人面帶笑容，看起來很幸福的樣子。

但釋懷再繼續翻下去，發現夫妻倆之後的合影裡沒有了嬰兒的蹤影。再翻下去，就只剩馮大媽一個人的照片了。箱子最底端是一張全家福。只是合照中的男人一樣，女的卻是一個別的女人，不是大媽。原來男人再娶了。

看到這裡，釋懷的眼淚簌簌落下。大媽這輩子也未免太淒慘了。孩子沒了，老公也沒了，而自己這麼多年來受大媽的恩惠卻還經常恩將仇報，不僅未關心過大媽，或為她做過什麼，還對她翻白眼、大小聲。一陣愧疚湧上心頭，釋懷終於哭出聲來了。

九
門口有人

大媽不在，釋懷覺得再在這裡住下去也沒什麼意思了。她與母親、弟弟商量，決定好找中介，把「馮大媽」麵館的老房子賣掉。這麼一來，大夥就自由了，還可以拎著一筆錢，到自己想去的地方重新生活，落地生根。

然而，房地產估計師說，這地產總面積雖然大，但因為長滿雜草的院子佔去太多面積，房子本身不大，而且它位於郊區，值不了多少錢。油頭粉面的中介建議釋懷母女先別急著脫手，等鹿阱完全發展完畢後，有錢人缺乏地皮建房子時才賣，到時他才可以賺取更大的一筆佣金。

母親聽完中介的建議，正合她意，反正她已經住慣了，也做慣了，暫時沒有離開的意思。她用手語向釋懷表示同意延遲出售計畫。

只要媽媽幸福，釋懷自覺什麼都可以忍受。於是遵從母親的意願，決定繼續經營「馮大媽」這個品牌。

不巧的是，鹿阱的城市建設在這個時候已經近乎完工，工人叔叔們大多都回鄉或到別處去工作了。熟客們則因為馮大媽去世，感覺湯麵的口味好像不一樣了，也逐漸不再光顧，即使他們之前吃的，事實上全都是江素娘下廚煮的。剩下從城裡開車到訪的貪鮮的吃貨們只有週末才上門來。麵館週末的收入根本不夠支付購買基本食材的費用。

看著準備好的新鮮食物一鍋一鍋被倒掉，釋懷的心裡難過得很。大媽在世時，最痛恨人家浪費食物了，她寧願食材不夠，打發客人走，也不願因為賣不出而倒掉。

然而大媽在世時，也最痛恨人家自艾自怨。於是母女倆又咬緊牙關，撐了一些時候。終於，「馮大媽」麵館在沒有馮大媽的情況下，經營不到一年就倒閉了。

「馮大媽，我對不起您。」釋懷邊說，邊將招牌的燈給關了。

～☀～

釋懷正準備要關門。誰知沒走幾步，便立刻退回屋內。

「媽，門口有人。」釋懷一臉關切地告訴母親。江素娘一臉懵懂，好像還沒反應過來。麵店的營業時間已經在兩個小時前結束，外面的告示牌有指示。

「要不要把他們趕走？」釋懷問母親，有些小擔憂。馮大媽的麵館在郊區，深夜了，餐期已過，若還有訪客，絕不是善類，想做的，也準不是什麼好事。

母親做了一個「等等」的手勢，緩緩地來到麵館門邊。她並沒有馬上探出頭，但她已經能從微弱的燈光中，認出了三人其中一個的輪廓。

十一年未見的丈夫顧浩天，此刻就在門口。

~※~

「素娘，好久不見了。」那個高高的男人雙手握著釋懷母親的手，還彎下腰，輕輕地把頭靠在素娘的胸前，就如當年一樣。

素娘顯然不知所措，只好故作鎮定，兩隻手懸在半空中，人則凍結了，一動也不動。可是釋懷看見母親的眼睛已經佈滿紅絲了，眼球表層亮亮的。十一年的怨恨、委屈、思念、不解在眼眶裡打著滾，但她堅決不讓淚珠落下，仰起頭希望淚水能倒流回去。

幸好顧浩天的注意力很快就轉移，素娘才捉到機會可以用手背拭淚。顧浩天看到釋懷了。他溫柔地放開素娘，蹲下身，伸出雙臂準備擁抱自己女兒。這個動作好熟悉。釋懷記得很清楚，感覺自己掉入時光隧道，回到自己還是個紮著兩條辮子的小妞的時候。那時的她，只要看到父親蹲下，把手張開，便會不自覺地往他懷裡奔跑。但此刻的釋懷並沒有這個欲望，她只想往反方向奔跑。

「釋懷，釋懷！是你嗎？快過來！爸爸好想你！」釋懷忍不住回過頭瞥了一眼。眼前正往自己半蹲半跑著過來的男人，長得跟印象中的父親大不相同。她最後一次看到的父親，還是一個重視穿著，髮型整齊，玉樹臨風的男人。今天來的這個人頭髮斑白，雙眼深陷，瘦骨嶙嶙的，衣衫襤褸，看上去好落魄，比一個五十歲男人該有的容顏還要老上許多。

釋懷沒有說話。

不，這不是我父親。沒錯。就算你是我的父親，你也不配當我的父親！想我？想什麼想？如果你不把我們趕出家門，你壓根就用不著想！因為我們還會安安穩穩地待在家裡！對，就在那個被你賣掉的家！

這些話在釋懷的體內咆哮著，推呀擠呀，恨不得全都一次獲得釋放。然而在這個關鍵時刻，這十一年裡每個深夜彩排了多少次的罵人的話，卻統統都卡在喉嚨裡，一個字也嘔不出來。

此刻的她唯一還有力氣做的，就是翻了一個白眼，快速地繼續往前走，避開顧浩天。顧浩天撲了一個空，往前摔，差一點跌倒在地，所幸老太太身手靈敏，一手扶住了顧浩天。

「喂喂喂，我說這個素娘，就是你沒素養，連女兒也教不好。是吧？怎麼這麼沒家教？」父親身旁那位與釋懷素未謀面，身材微胖的老婦人站出來，指著江素娘大聲批評道。「換成是我們帶，孫女絕對不會是這副德性的！」

「孫女？這老太婆是我的祖母？就這種貨色？我看還是算了吧！」釋懷在經過弟弟身邊時小聲地說。躲在柱子後面的弟弟因為笑出聲，穿幫了，被發現了。顧浩天察覺到妻子背後還站著一個人，是一個十幾歲的大男孩！他立即張開雙臂，加快腳步去擁抱他。

「爸、媽，快來見見你們的男孫！他叫顧非凡！」顧浩天喊道，非凡往後退了幾步，背卻已碰到了牆壁，一下子就被顧浩天逮住，緊緊地摟著。非凡驚嚇之餘，更是動彈不得。

「這就是非凡嗎？非凡！我的男孫！我們顧家的後代！」兩個素未謀面的老人像土狗見到肉一樣，立刻就圍過來把非凡圍著。

「救命啊……」非凡用唇語對著姊姊說。釋懷冷笑了一下，走向前，把大門關上。

～⁕～

江素娘賢慧地端出兩碗滷肉麵，放在兩老面前，再端出一碗「麻辣魚片湯麵」給那個自稱父親的男人。她做了一個「請用」的手勢，就退到牆邊去。

「謝謝你啊，素娘。」顧浩天溫柔地握住妻子的手肘，望著她微笑地說。釋懷瞥見母親眼眶紅了。和丈夫團圓，她心裡應該五味雜陳吧。

「筷子呢？勺子呢？」老太婆嚷嚷道。眼神一直沒離開過丈夫的江素娘，這才從沉思中反應過來，小步跑回廚房，再趕緊拿來筷子和湯勺，恭恭敬敬地放在麵的旁邊。江釋懷在一旁看得咬牙切齒，母親怎麼連一點尊嚴也沒有？

「這麼鹹！」老太婆又開口。素娘又滿臉歉意地鞠了個躬。

「你站在那裡做什麼？還不拿熱水來？」老太婆又指著素娘呼喝。

不許你們這麼欺負我媽！

又是一句卡在喉間，釋懷不敢說出口的話。有時釋懷真恨死自己，總在關鍵時刻特別窩囊。她吸了一口氣，讓胸腔鼓滿氣，正想開口，弟弟便搶先了一步。

「欸，爺～爺、奶奶，還有那個……爸。」那小子搓著雙手，正經八百地對著三個外人說。

釋懷睜大眼睛。你這沒背脊的臭小子，素不相識的人說是你爺你奶，你就信了。爺爺！奶奶！你倒叫得挺順口的呀！

但釋懷錯怪他了。因為弟弟很快地就接著說：「這是我媽、我姊和我的家。我媽做了一天的菜，也挺累的，您們就別再為難她了。行嗎？」

正在狼吞虎嚥吃麵的兩個老人聽到自己的男孫的話，頓然愣住。

「你……你說什麼？我們為難你媽？」老先生被惹火了，用力地放下筷子，頸部青筋都快爆出來，扯開嗓子問。這位自稱釋懷和非凡爺爺的年邁男人，進屋之後說的第一句話，把非凡嚇到往後退了幾步。

「嗯，我是說，已經很晚了，您們就將就點，吃麵吧。」小非凡確實有些膽怯，可他一點也沒有退縮的意思，反而清了清喉嚨，把話重複說了一遍。

非凡真是好大的膽子，敢這麼對長輩說話。

不知為何，釋懷居然感動得差點掉下了眼淚。被一群女人寵大的非凡，不是才剛步入少年期，什麼時候就長成了一個懂得疼惜家中女人的男人？呀，真是沒有白疼啊！

老先生還想發火，卻瞥見顧浩天身體的動作突然有些不自然，表情也顯得很不自在，消瘦的臉上一會兒閃過憤怒的表情，一會兒低下頭，露出尷尬、靦腆的笑容。他不自覺地扭動著脖子，手指往外伸展，似乎在拍打什麼，聲聲低語之間會突然發出一聲「噓！」，然後再將手臂縮回。顧老頭的注意力馬上被轉移，忘了繼續責罵非凡。

釋懷在一旁看著這個陌生父親，跟正常人不太一樣。莫非在失蹤的這幾年裡，在身體上受到了什麼巨大的傷害？還是什麼嚴重的打擊？要不然，他怎麼跟印象中的父親有那麼大的差別？

其實，釋懷在長大的過程裡，碰到父親的機會並不多，因此沒察覺到父親在當時就已顯露出的症狀，以為父親只是近期患病了，因而居然開始有些可憐起他來。

顧老先生見兒子開始表現得有些失常，不忍心繼續讓他承受壓力，便將身體挨近老太太，說：「老太婆，我怕浩天身體吃不消。不然，我們走吧！」

「不行！我們沒錢了，能去哪兒？」老太太壓低聲量對老先生說。儘管如此，在一個人人都屏住呼吸的房子裡，她的低語被聽得一清二楚。

連在一旁喃喃自語的顧浩天都聽到了，突然猛然搖頭，大聲喝斥母親：「誰說我們沒錢，我是有名的工程師！我有錢，很多錢，還有一棟豪宅！」

～⁕～

「豪宅？你忘了嗎？你在十一年前就把它以一塊錢給賣了！你害我們沒地方睡、沒東西吃，有多慘，你知道嗎？」釋懷在目睹弟弟剛才頂撞爺爺奶奶的表現後，受到了啓發，也終於敢發聲了，不留餘地說出真相。

可是釋懷依然忍不住一邊說，一邊讓眼淚簌簌而下。兩位老人必須明白，這屋裡誰才是當年的受害者。是顧浩天辜負母子三人在先，讓他們受委屈在先！現在，姓顧的窮途末路了，回來投靠他們。投靠就算了，還這麼嫌棄他們母親，真是太過份了！姓江的，並不欠姓顧的什麼！

想到母親當年披頭散髮、雙眼無神流眼淚的表情，再想到弟弟非凡餓得走也走不動的樣子，釋懷對父親的恨，像一把大火油然而生，心裡縱使有一絲一縷對父親的思念和憐憫，也一下子被這把怒火給燒個精光了。釋懷銳利的目光如千萬支箭般，往顧浩天身體發射出去。他一定感覺到了，搖頭和喃喃自語的動作更加劇了。

「噓噓噓，好兒子，別理她，專心吃麵，啊？」這自稱奶奶的老婦人撫摸著顧浩天的背。

顧浩天過了好一會兒才真正平靜下來，但麵沒吃幾口，就被老太太扶到樓上去了。

「樓上有房間可以讓浩天休息嗎？」顧老太太爬沒幾級梯級，就回頭問江素娘。江素娘點了點頭，指示靠西的房間可以讓他們使用。非凡見狀，連忙趕上前去，說：「用我的，用我的，我帶你們去。」

「媽，你別擔心，睡一晚硬地板沒事的。」非凡安慰母親。

過了許久，才見老太婆辛苦地從樓梯爬下來。釋懷心想：老太婆！沒錯，就是現在了，要向媽媽和我道歉，現在就是最佳良機！

可惜老太婆無視釋懷，過她身邊，直接伸出手握住非凡的手臂，滿臉歉意地說：「非凡啊非凡，剛才是奶奶不好，對不起啦，奶奶知道錯了，下不為例就是了。」非凡輕輕地撕開新來的老奶奶粘在自己手臂上的手，轉過了身，他實在沒有心情再裝下去了。江素娘為了化解尷尬的場面，做了一個「對不起！」的手勢，匆匆收拾好自己和釋懷住的房間，再帶著自己的家翁家婆到樓上休息。

什麼嘛？你向非凡道歉，那我呢？難不成我是透明的？

釋懷的情緒在心裡沸騰著，但話依然還是沒有說出口。

~✳~

馮大媽的老房子原本有四個房間和一間閣樓，只不過她在世的時候，都把它們當儲藏室用，在裡頭堆滿了破舊的傢俱和餐廳用具。

釋懷三人剛來的時候，就擠在二樓靠西的一個房間裡。後來馮大媽去世了，她房間原封不動地留著，以示尊重。但釋懷知道馮大媽其實心裡是想念前夫的，就將他留下的衣物摺疊好，放進大媽房裡。而原本放置前夫衣物的房間，就讓日漸長大的非凡佔據。釋懷因為擔心母親，多年來依然和母親共住靠西的那一間。

釋懷向母親確認了老先生和老太太的身份後，和非凡花了一整天才將二樓裝餐廳用具的小房清乾淨，讓兩個老人睡。而大夥兒都同意，將閣樓留給顧浩天，以免他大半夜忽然大喊大叫，吵醒所有人。

~✳~

隔天凌晨時分，所有人都上床睡覺了，唯獨釋懷和母親兩人躺在各自的小床，輾轉難眠。釋懷心煩意亂，掙扎了許久，索性坐了起來，才發現江素娘也一樣睜著兩隻眼。

「媽，你希望他們留下來嗎？」釋懷不想拐彎抹角。

江素娘做了一個手語：「房子是你的，你認為呢？」

「當初嫌棄你這個新娘子的，是這兩個老傢伙，拋棄我們的是你的老公。最應該有意見的，是你吧！」釋懷回答母親。

黑暗中釋懷隱約看見江素娘做的幾個簡單的手語，大概的意思是：「他說什麼都是你爸……」「爺爺奶奶沒有收入，會餓著……」「先讓他們在這裡住一會兒再說……」

「哎。」釋懷深深地嘆了一口氣，母親經歷了這麼多，對人還是這麼好。

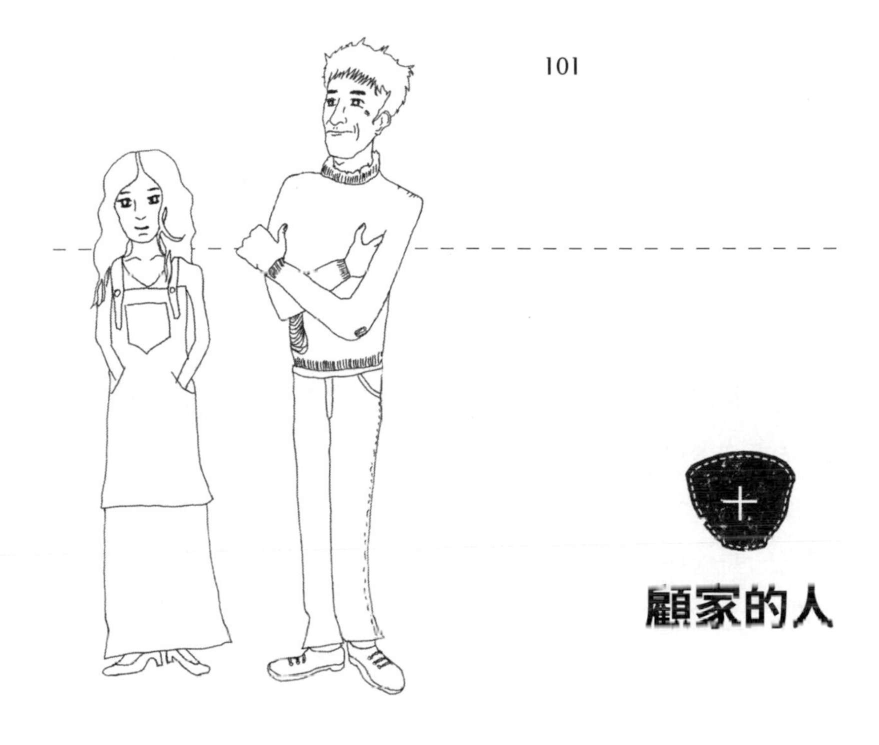

十 顧家的人

非凡一大早就被母親的菜刀在砧板上快速剁肉的聲響吵醒。他和姊姊的早餐一般都以一碗穀類片配牛奶就算解決完畢。原來母親今早要熬豬肉丸粥。她很少那麼早就煮粥的，大概是因為兩個老人吃不慣西式早點吧。

「呀，非凡！我的寶貝孫子，瞧你起床了，洗臉刷牙了沒有呀？昨晚睡得好不好啊？來，坐奶奶身邊，讓爺爺奶奶仔細看看你……嗯，真是俊俏呀你，跟你爸簡直一個模子。」顧老太太昨晚大概睡得飽，心情好得很，伸手向孫子熱情地招手。

釋懷翻了一個白眼，自己都站在樓梯口大半天了，兩個老傢伙卻當她不存在似的，就只是一股勁兒地向孫子獻殷情。

非凡回過頭對姊姊吐了吐舌頭，便心不甘情不願地拉了把椅子坐在老婦人身旁。母親教的，要敬老尊賢。在傳統的華人禮儀中，無論對方是否賢明，只要他們年紀大，身為小輩的就必須尊敬，才能反映出自己的修養。

只不過，一個少年能假裝多久？對方是素昧平生的人，一見面就馬上扮親切，非凡自認這副乖寶寶的面具他戴不了多久。尤其當一個老太太的手在他胳臂上捏來捏去，邊捏還邊說：「非凡你太瘦了，過幾天奶奶給你做好吃的，讓你多長一點肉……」時。老太婆接著又摸摸非凡的大腿，手在靠近非凡的胯下時，突然說：「非凡呀，你們男孩子打球呢，奶奶是贊成的，但是要很小心，不要傷到要害呀，我們顧家將來就是靠它傳宗接代的……」

「奶奶，你……」非凡被嚇得站了起來，往後退了好幾步，躲開老太太亂逛的手。釋懷站在樓梯口笑得彎了腰。在那一刻，華人封建思想裡，男尊女卑的理由，更顯而易懂。不過就是誰的兩腿中間，多懸著一塊肉，誰就擁有更崇高的地位。這種偏見無關年齡，無關長相，無關才華。

~✳~

閣樓傳來叫喊聲，是顧浩天睡醒了。不，應該說，他小睡後甦醒了。這是他住在馮大媽麵館的第一個晚上，自然會感覺很不習慣。釋懷是個淺眠的人，不時被父親持續的說話聲，還有踱步的聲音吵醒，再不然，就是顧老太太起身去看顧浩天時發出的聲音。起身的，當然還包括了睡在釋懷身旁的江素娘。釋懷估計，顧浩天大約是在清晨五點鐘才停止吵鬧的。除了非凡這個平時沒事就愛睡覺的少年，還有戴上耳塞的顧老先生，一屋子裡的所有女人都沒睡好。

「我去看看。」顧老先生在溫暖的床上休息了一個晚上，精神明顯地比昨晚好了許多，急急地就往樓上爬去。才剛上樓，釋懷就聽見顧浩天喊著：「不吃藥！我不要吃藥！我都說了醫院的人串通好要給我下毒，讓我不能再發明東西的！你們為什麼就是不明白？」

江素娘聽到了，關上爐火，爬上樓去。奇怪的是，顧浩天不久便安靜下來。顧爺爺也隨之下樓。

非凡覺得憋著難受，還不如單刀直入地問兩個老人：「我爸，他究竟怎麼了？」

～☀～

「起初，我們也不知道，就覺得奇怪，為什麼你爸好幾個月都沒給我們打電話，也沒給我們匯款。我們知道你媽說不出話，你們兩個又還小，就沒打去家裡，打去他公司找他。他的合夥人說，他已經有好幾個月都沒去上班了，連股份也都轉讓給別人了。你爺爺跟我很擔心，就買了機票去找你們。誰知道，你們都不在了，全搬走了！」顧奶奶陳述道。

「是的沒錯，我們是被新屋主趕走的。」釋懷站在樓梯口忍不住說。但大家聊得起勁，似乎沒人聽見她的話。

「我們開始的時候，以為是你媽慫恿你爸帶你們兩個離開鹿阱，和我們斷絕來往，不讓我們看兒子和孫子的。我們雖然很傷心，但也只能怪自己兒子中了你媽的降頭，所以沒辦法就又買了機票想飛回老家。誰知道那麼巧，我們上飛機的前一晚上，就接到他合夥人的一通電話，說公司有員工看見你爸一個人在街上亂逛。」

這個老太婆說話果然很不客氣，居然連「兒子中媳婦的降頭」這麼過份的話都說得出口！

釋懷聽到這裡，火冒三丈，原本想破口大罵，但忍住不打斷老太婆的話，她也很想知道自己父親怎麼了。

「可是我們趕到的時候，浩天已經離開了。」顧老先生接著搭話。「聽通知我們的人說，你爸看起來有點不對勁，所以我們就決定報警，託警察幫忙找人，還出動警犬，用你爸留在公司的外套找他。可惜我們在鹿阱住了一個多月，警察連一點線索都沒有，他們說，你爸把房子和公司都賣了，銀行戶頭從那個時候起就沒有動靜，信用卡也已經很久沒用了。金錢一旦沒有流向，他們就找不到失聯的人。」

「你爸生死未卜，你奶奶急得都快病倒了，我就聽取我們老家一個朋友的建議，請了一個私家偵探幫忙。朋友說，我們鎮上好多孩子被拐帶，都是這個私家偵探幫忙找回來的。走投無路了，沒辦法只能信了。但你知不知道啊？原來，私家偵探有一些警察不能使用的旁門左道，所以效率會比較好，只是價錢不便宜。找了兩年多，你爸給的錢用光了，我們只好把房子抵押，再把養老金都領出來，以便支付接下來找你爸的費用。」顧爺爺神情鎮定地說完這一大段話。

這老頭的思維有條有理，感覺上退休前是個教書的。釋懷在一旁打量著這個新爺爺。她從沒聽母親提過她的家翁、家婆的事，所以感覺這爺爺是「新的」。

「我們也是找了好多年才找到你爸的。原本都想放棄了，但又有電話說找到了，而且口氣很肯定就是他！終於我們見到他的時候，他瘦得像一副骷髏，你奶奶差點就認不出他。」說到這裡，老人終於展露出一絲激動，嘴唇開始顫抖起來。

「要不是我們委託的那個人把你爸的衣服掀起來，讓我們看他背後的胎記，我們還真不敢相信是他！那片胎記跟他小時候照片裡的一模一樣。是他準沒錯！」顧奶奶搶著說。「可是，我們叫了他好幾次，他都不理我們，好像不認識我們似的。」她說著說著，眼睛就下雨了，老淚滂沱。「唯一的兒子啊，而且還是個天才，變成這樣，怎會不心痛呀？」

「原本我們以為他是被你媽逼瘋的……」顧老先生見老妻講不下去，便接著說。

釋懷感覺到自己體內才剛熄滅的怒火，再度被點燃。

什麼我媽逼瘋我爸？他害我媽變啞巴這件事我都還沒跟他算帳，現在反倒過來惡人先告狀？

釋懷感覺自己的手肘被緊緊地握住了，有點疼。原來，母親安頓好父親，從樓上下來了。釋懷只好咬著下唇，安份地聽下去。

「我們也是把你爸送進醫院，做了檢查才知道你爸患上了精神分裂症。醫生說，你爸應該在很早的時候就已經有這個病了，只是沒有人發覺。」顧老頭繼續解釋。「你爸也是後來住了院，服了藥，病情受到控制後，才慢慢記得我們是誰的……」

「我們委託找你爸的那個私家偵探告訴我們，發現他的時候，他躺在一堆垃圾裡，手上拿著一把剪刀，正準備把自己的手指給剪下來。你爸說，有一個女的一直在他的耳邊重複唆使他把他十根擁有發明超能力的手指移植到另外一個人身上，還勒索他，如果他不照辦，她就絕對不會放過他的太太和兒女。」說著，老太太又哭了，半哭半喊道：「還好那把剪刀不鋒利，要不然都不知道會發生什麼事！」

釋懷越聽越感到不可思議。樓上那個是自己父親沒錯，只是精神有問題的他怎麼分辨得出這兩個老人究竟是不是自己的真實父母親？他們這麼會說故事，一唱一和的，搞不好是什麼江湖術士，挾持顧浩天到處招搖撞騙！

江素娘似乎看穿女兒的心思，用手語混搭唇語說：「他們真的是你的爺爺奶奶，婚禮上見過。他們的樣子我忘不了的。」然後繼續比道：「世上應該沒幾個人長得像你奶奶這副德性吧！」釋懷看了，忍俊不禁。

也對，世界上大概不會有另一人那麼不幸，和顧老太婆一樣長著那副可憎的嘴臉。釋懷心想。

樓上傳來一陣陣的說話聲，時而大聲，時而小聲。顧浩天又醒了，江素娘二話不說就轉身上樓了。母親對父親的感情，確實很令釋懷動容。過去他怎麼對她，對她而言似乎已經不重要了。此刻當務之急就是要讓丈夫的病快快好起來。

在那之前，江素娘必須讓顧浩天信任這個新環境，病情才有開始穩定的可能。

～☀～

顧非凡剛出世的頭幾天，顧浩天興奮地很，到處給人發消息。然而非凡滿月之後，顧浩天就更頻密不回家了。大家都以為嬰兒的哭聲令這位偉大的發明家無法專心工作，所以另外找了新的溫柔鄉，新的女人香。原來真相並非如此，顧浩天當時是病重得回不了家，在精神和肉體上都沒有辜負江素娘。

大家錯怪顧浩天了，而江素娘則白白受苦了。

精神分裂的病人分不清現實與幻覺。顧浩天告訴主治醫生，他從釋懷出生的那一天開始，就有人嫉妒他事業成功、家庭生活美滿，所以千方百計想陷害他。他說他偷聽到密謀者的駭人計畫，要從他的妻兒下手，然後栽贓嫁禍給他，把殺人罪推到他身上。他為了保護自己的家人，決定如果能不回家，就不回家，這樣想謀害他的人就無從知道江素娘和孩子的下落。他堅信，只要離心愛的人越遠，他們就越安全。

顧浩天流落街頭好幾年，從原本的鹿阱市遊蕩到越來越遠的地方，直到銷聲匿跡為止。爺爺奶奶愛子心切，為了找他，變賣了家產，花盡畢生財產，僱人在全國的街頭巷尾進行地毯似的搜尋，終於在離鹿阱幾百公里的一個外號叫「火車尾」的小鎮尋獲。

顧浩天被診斷出「分裂性情感障礙」，也就是精神分裂症的一種，在大城市的醫院的精神病房住了一年，服了藥，也接受了電擊治療與心理輔導，情況有所好轉，已經能與自己父母溝通。但由於顧浩天之前屬於高收入族群，不符合申請輔助金的條件，兩個老人只好用現金支付一切醫藥費。當了一輩子的公務員，原本就不是很富裕的他們，積蓄也隨之用完。

他們在兒子出院的那一天起，正式露宿街頭。

~ ⁕ ~

露宿街頭並非他們自願，也非長遠之計。他們原本打算其中一人先去打一份雜工，另一個留下照顧兒子，等累積足夠三張機票的錢後，便帶顧浩天回老家去，投靠親朋戚友。但就在機緣巧合之下，有一個晚上，正當他們收集著舊報紙和紙皮，準備在陋巷過夜時，在一疊被丟棄的生活雜誌中，讀到一篇介紹鹿阱市飲食文化的報導。

報導的其中一張照片裡，站在「馮大媽」招牌旁的，正是美食專家們筆下「無師自通」的天才廚師——他們的兒媳婦江素娘。

顧爺爺對非凡說：「你爸在看到照片之後，認出了你媽媽和姊姊，不知道有多開心，便嚷嚷著要回來鹿阱市看看你們。」

「我們兩老原本不太同意，就問你爸說：『你不是擔心會連累他們嗎？』其實我們更怕的是萬一你爸認錯人，我們就白跑一趟了。你知道的，你們媽媽，我們很少見，你們兩個，我們只有很早的時候看過照片，樣子都不太一樣了。」顧奶奶一臉不好意思地對非凡說。

「可是你爺爺就說，媳婦和孫子孫女說什麼都是顧家的人，回到他們身邊是理所當然的。」她繼續說。

事實上，除了投靠媳婦和孫女，他們也不能怎樣了。畢竟鹿阱市離他們不如老家遠，火車票比機票便宜，因此他們決定姑且試一試，按照文章上的地址來找江素娘她們。誰知顧浩天死都不肯乘搭火車，說什麼火車上面安置的乘客都是要盜竊他的發明權的間諜。老人拗不過，兩老只好輪流推著推車，這樣一路流浪，一步一步朝鹿阱市走來。

真不知道他們三人這幾個月是怎麼熬過來的。顧浩天身體那麼虛弱，而顧爺爺奶奶雖然健壯，但說什麼都一把年紀了，餐風飲露實在不適合他們。釋懷嘴硬，但心裡疼得很。現今社會的物價那麼高，他們是靠什麼生存下來的？她好奇，但也沒有問。反正這個疑惑在不久後自有分曉。

~✳~

或許顧浩天的精神分裂症並非無跡可尋，顧老奶奶的脾氣也有些反覆無常，經常會無故發脾氣，或口不遮攔地說一些不動聽的話。

正當釋懷慢慢放下戒心，覺得一家人有望真正和諧地團聚的當兒，顧老太在來到鹿阱的第三天，突然指著母親，發出控訴。廚房原本開始瀰漫著幸福感的氣氛，一掃而光。

「素娘，婆婆我這個人呢，說話比較直。當初我已經不贊同你們的婚事了，因為你是真的配不上我們浩天。但他堅持非你不娶，那我們也就只好成全他，求神明保佑，希望你能好好待他。誰知道他失蹤，而你這個已經是顧家媳婦的人，非但沒去找他，還躲到這個鳥不生蛋的地方來，害我們找不到非凡。這話說得過去嗎？」

「喂喂喂，你這個半途殺進來，口口聲聲說自己是非凡奶奶的老女人，說話客氣一點！」釋懷等待的這一刻終於來臨。

累積夠了怒火，她終於可以開嗓罵人，可以名正言順地以維護母親之名，對老太婆進行反抗了：「首先，我們怎麼知道我爸患的是精神分裂症，而不是去勾三搭四找情婦？再說，要不是他把房子賣掉，新屋主把我們趕出來，我們會來到這裡嗎？還有，地方又不是我們選的，要不是馮大媽……要不是馮大媽她收留……收留我們……」釋懷越說，喉嚨越是像哽著一塊什麼似的，話越接不下去。

一想到馮大媽，釋懷就眼淚直流。她揉了揉眼睛，才睜開就看見母親將食指放在雙唇上，要她什麼也不說。

「嗯，我說奶奶呀，我非凡年紀雖小，但眼睛可是雪亮的！來，我來說句公道話。我媽，還有我們姊弟倆也不是故意不去找我爸的。我們都不知道他失蹤了，也不知道他原來並沒有拋棄我們，不然一定會去報案的。我們當然都希望爸爸回來，對不對？」非凡給釋懷使了個眼色，好像在說：「這種事，我來。」

「是是是，奶奶相信你們如果知道的話，一定會去找他的。」老太婆果然像變了個人似的，口氣如此溫柔，要麼吃軟不吃硬，要麼就是只聽男孫的話。

～✳～

這是什麼狗屁嘛？是「男尊女卑」嗎？男的身上多了那塊

肉就了不起了？女的就都是「賠錢貨」嗎？都什麼年代了，思想還這麼封建？

釋懷感覺全身的血液又沸騰起來。

男孫、女孫，都是孫，況且我還是大孫咧，地位難道還不如一個身份證上註明「男性」的非凡？還是這個老女人完全忘記了她剛剛才被我江釋懷頂嘴，心情怎麼可能頓時變得那麼好？如果是，那麼精神有問題的，就不只爸爸一個了。

釋懷越想越氣。

「呀……我英俊瀟灑的乖孫非凡啊，那奶奶問你。如果爺爺奶奶為了找你爸，搞到自己都沒地方住了，在這裡永遠住下去，行嗎？在這裡陪你？」老奶奶見孫子站得近，趁機拉了非凡的手，握得牢牢的。

非凡一陣驚慌，不知該怎麼辦才好。這時江素娘走了過去，把老奶奶的手輕輕地拿開，讓非凡脫身，自己倒握起對方的手，微笑著點了點頭。

反正新來的爺爺、奶奶和爸爸自第一天起就再也沒有想過要離開。

～☀～

「寶貝孫子，你這麼早上哪兒去呀？」顧老太婆見非凡從樓上衝下來，早餐都沒吃就開始穿襪子、綁鞋帶。

「奶奶好！奶奶早！奶奶再見！」非凡頭也不回地喊了一聲，打開門正要衝出去。籃球練習時間快開始了。

老人太滿臉愛憐地望著孫子的背影，又高又帥，名符其實地就是他們顧家的種。

但就在門關上的那一秒，做奶奶的猛然發現，顧家唯一男孫的球衣上，印著的卻是「7號江非凡」。

~ ✳ ~

「素娘，你給我解釋。這是怎麼一回事？咱們顧家的骨肉，憑什麼跟你們江家姓？」這回輪到顧老先生大發雷霆，整棟老房子就只聽得見他的聲音。

可是江素娘一個啞子，要如何解釋？當時她以為顧浩天不要他們了，孩子跟母姓不就是為了爭取更多社會福利？可惜她就算用盡了她所懂得的所有手語，兩個老人也看不懂。再說，釋懷在旁拼命地解釋，也於事無補。兩老根本沒有給釋懷插嘴的機會，只顧著對母親嚷嚷，更是連一個字也聽不進去。

最終江素娘拗不過他們，只好把弟弟這個「顧家的唯一男丁」帶回去派出所，把「江」姓改回「顧」。

釋懷則因為已是二十幾歲的成年人，可自行選擇。為了不讓母親感到被孤立，她選擇保留「江」姓。不出所料，對於這點，顧老頭老太似乎沒有什麼意見。

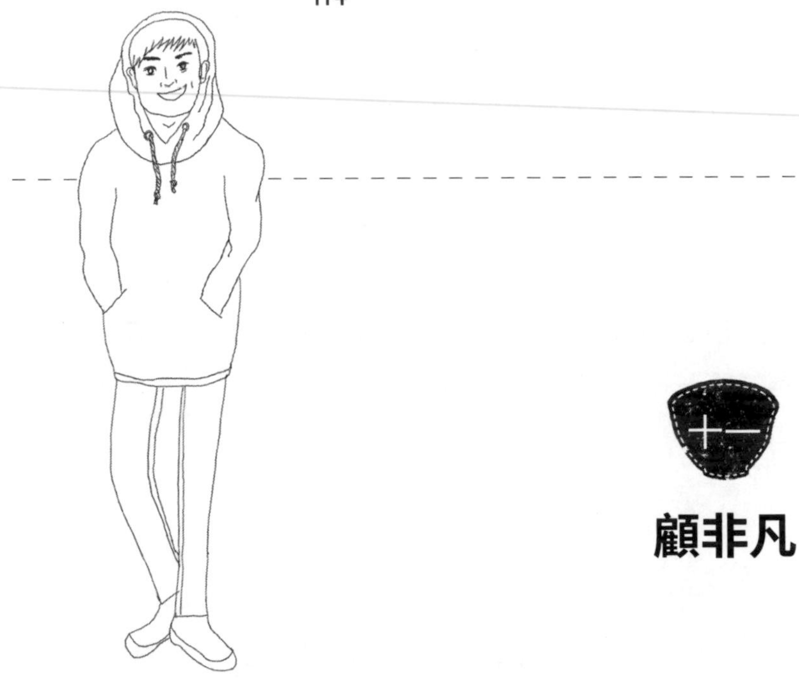

十一 顧非凡

「做我女朋友吧。」顧非凡用雙手拉起田姿姿印著重金屬樂隊頭像的大T，再以熟練不過的一個大動作把自己的頭鑽進對方衣服裡。誰知這舉動非但沒有挑起姿姿的任何慾望，還逗得她大笑起來。姿姿的腹部被顧非凡的卷頭髮搔得癢極了。

「哈哈哈哈！不要！非凡，不要！停止！」姿姿好不容易才屏住氣把話說完。

非凡停止亂竄的動作，把很熱的臉貼在姿姿平坦的肚皮上。肌膚貼著肌膚，陌生，卻溫暖得令人感動。突然，姿姿的胸口在感受到自己衣服底下，那個叫作顧非凡的男孩一陣陣熱熱的鼻息之時，不知為何，顫抖著倒吸了一口氣。

一股前所未有的電流傳導到全身，令她全身起了雞皮疙瘩，尤其是在雙頰和耳朵上，有一股熱流在蔓延著，令她不知所措。她不喜歡這種瀕臨失控的感覺。但她，同時也喜歡自己瀕臨失控的感覺。

「不玩了。你回去吧。」田姿姿明顯被挑逗了，卻一個挺直身體，把非凡的腦袋給揪出來，再從床上站了起來，靠著窗，擺出一張臭臉。

「當真？」賴在枕頭上的非凡還嬉皮笑臉的，咬定這個田姿姿一定是在假正經。

我才不信，這個披著綠色長髮、動作豪放的刺青女會不想跟我顧非凡談戀愛。

非凡心想。

「當真。給我走。現在。」田姿姿往出口走去，拉開門把非凡推出去，「碰！」的一聲，就把門甩上了。

～＊～

「什～麼嘛！」非凡站在門外，被曖昧對象的髮香撩起的渴望，膨脹得像被放入熱水的皮球，隨時要爆發，忍得實在難受。

說實話，希望有人理解的渴望若想真的得到疏解，非凡也不用擔心找不到地方，或者找不到人傾訴。一副球員身材、一張俊俏的臉孔，還有懂得撩妹的嘴巴，加上全身散發著的一股頹廢氣息，非凡深知自己屬於一般女生最愛的壞男孩類型。因此才十八歲的他早已懂得善用這個優勢，交過十幾個女朋友，許多甚至是同時期交的。

只是這次，他不知為何，不想有這麼多女朋友，甚至不想有別的女朋友。他一心就只想要田姿姿。

離開姿姿家，非凡一小步一小步地走著，想利用傍晚的涼風讓自己冷靜。誰知越走感覺就越熱，越想就越生氣，步伐開始加快、加大起來。不到一小時，非凡就發現自己跑回*Sauver*®了。

~*~

餐廳的門被用力推開，非凡踢開了幾把椅子，才甘願在一張靠廚房最近的桌子上面坐下來。

「咦，你回來啦。不是到姿姿那裡去了？」釋懷剛好忙完一個段落，準備開業，就發現弟弟神情怪怪地坐在餐桌上。多不衛生呀。

「姊，我心情不好。安慰我好不好？」非凡一感受有人關心，有一點撒嬌之嫌。

「我煮一碗麵給你吃？肚子餓的人，心情一定是不好的。」釋懷自小就身兼母職，照顧弟弟的起居飲食早就成了一種條件反射。

「誰才要吃你的破麵條！」非凡覺得自己需要的是開導，

而不是食物，便毫不客氣地頂撞自己的親姊姊。

「喂！你有什麼藉口心情不好？店裡的事又不用你管，你儘管逍遙快活就是了。」釋懷這下子火了，自己忙了一整天都毫無怨言，這個睡醒就往外跑的小鬼居然敢對她這麼大小聲？

「你不明白的！她不肯跟我！」非凡將一雙手交叉壓著後腦勺，仰起頭往桌上一躺，雙眼瞪著天花板，鼻孔撐得大大的，眼眶有一點紅。

這事倒新鮮了。非凡長這麼大，很少表現自己不開心，更少哭。雖然眼眶泛紅不算真正掉眼淚，但顧非凡就是顧非凡，唸書、打球、幫店裡做宣傳，沒有一樣事是難得倒他的，沒有一樣不是他志在必得的，他完全沒有哭的理由。

「跟你什麼？」釋懷一問，馬上就後悔了。她已經知道答案了。這個比自己小九歲的弟弟，這個還乳臭未乾，但戀愛經驗比自己還要豐富的小子，滿腦子只可能是那一回事，除了那，還會是什麼好事？不過，一直以來都是他拒絕人家，從未見他被人拒絕過，這回這名叫田姿姿的女生，看來不是什麼省油的燈。

「我是說我要她跟我在一起啦。」非凡覺得自己姊姊好煩，想她留下，又想打發她走。

「可能她真的在這方面沒經驗，不想出糗呢？」原本不想參與討論的釋懷萌起逃跑的想法，卻又覺得有替另一個女生辯護的必要。

「你是說她沒有談過戀愛……怎麼可能？你看她天天穿得這麼少，不是為了吸引男人的目光，那是為了什麼？」非凡不以為然。

「都什麼年代了，你怎麼跟你爺爺奶奶一樣思想封建？女生穿得少就表示她想得到男人的關注嗎？那你天天只穿籃球背心在街上亂竄，女孩子有認定你是在引起她們注意嗎？年紀那麼輕，思想那麼落後！性別歧視！」釋懷責備非凡。

「性別歧視？我這叫推論！你看你成天穿得這麼密不透風，都有過男朋友了，她怎麼還可能沒有？」非凡不甘被姊姊數落，回嘴。

釋懷霎那間滿臉一陣通紅，站起身就走。

非凡剛巧轉過頭瞄見自己姊姊的表情，恍然大悟愕然地整個人坐了起來。

「什麼？江釋懷！你居然沒有！」非凡的口吻中，憐憫的成份多過於捉弄。

釋懷臉紅紅地看著弟弟，咬牙切齒地回答：「嘖！關你什麼事？」

「那個叫什麼……鄭……鄭毅的。你們沒有在一起？」非凡反過來質問自己的姊姊。

釋懷睜大眼瞪著非凡，真後悔幾個月前跟他分享鄭毅的事。非凡也不認輸，瞪了回去。姊弟倆僵持了約十秒，兩人同時放棄，嘆了一口氣，搖頭。

「什麼？沒有？那算什麼男人嘛，沒主動追自己喜歡的女人。」非凡一臉不屑。「不行，我得去問他。這麼多年你愛他愛得死去活來的，我還以為你們已經……」釋懷甩甩手，示意不要再說了。

「他有女朋友了。」釋懷終於擠出一句話。

「不行，我還是要去找他問個明白。告訴我，他在哪裡上班？」非凡把手伸出來，手心向上。這麼多年，他就是以這個手勢向釋懷予取予求的。

面對弟弟這個動作，釋懷又條件反射似的把手伸進位制服口袋，抽出一張皺得不行的名片。「你要答應我，千萬不可以弄丟。」

「老姊，你也未免太可悲了。」非凡拿起名片，覺得自己姊姊可憐的不是因為她二十六七了還是孤家寡人，而是明顯地曾反覆將名片握在手心，卻始終連打個電話給人家的勇氣都鼓不起。

「別……」釋懷後悔了，伸出手，但非凡已經上樓去，把門給鎖上了。

～☀～

非凡究竟有沒有給鄭毅學長打電話，釋懷不得而知，因為非凡除了下樓吃飯，其餘的時間都待在房裡，有一個禮拜之久。

開頭兩天，他的意願是傾向於放棄田姿姿的。反正「天涯何處無芳草」！田姿姿脾氣臭，臉蛋也不如他交往過的女生漂亮，只要顧非凡一發佈單身通告，身材比田姿姿曼妙的女子都會蜂擁而上，搶著做他的女朋友。到時姿姿就會知道「後悔」是什麼滋味。

可是氣消之後，非凡的腦海不知為何開始反覆播放著田姿姿在「食一」的後門分餐盒給集中於後巷的「食荒人」的一幕，怎麼甩也甩不掉。

那天晚上的月亮特別圓，特別亮，非凡剛巧因抄捷徑，而清楚看見姿姿對待「食荒人」們的舉動與表情，如此莊嚴誠懇，沒有一點瞧不起人的意思；如此溫柔純潔，靈魂沒有一點雜質。這一幕勾起非凡心裡沉睡已久的感動，他發覺自己眼眶溼了，從未有人能如此輕易撼動自己如一條死魚般的心。他並不清楚田姿姿是否就是自己的真命天女，但她絕對是最獨特、最純白的。顧非凡於是當下就決定好，誓死都要捍衛田姿姿這份善良。

於是他從那天起就謹慎地策劃認識田姿姿的計畫。他先從假扮調查鹿阱市的「資源回收市場調查」的志願者做起，屢次走訪「食一」，說是為了得到更精準的資料，必須訪問餐館每一位工作人員。和餐館人員交了朋友後，非凡成功取得了田爸爸和田姿姿的信任，一直到接近姿姿，到允許進入姿姿的房間。幾個月下來，沒有任何一步是走得草率的。

好不容易才建立起來的關係，豈能因為一時的魯莽而親手摧毀掉？

保護田姿姿就是我顧非凡的使命！

非凡從地板坐了起來。他領悟到了，自己要做的是保護田姿姿這個人，她愛不愛自己，已經不重要了。

~⁎~

田姿姿十一歲便喪母，母女之間有好多未有機會說出口的話，包括男女關係的事。這種事一般是媽媽教的，田爸爸就算了，別指望他了。

可田姿姿倒也沒有處在「不懂」和「懵懂」的境界的時候過。「戀愛」這回事，她還是懂的。寄宿在校的六年當中，同房又不是沒帶過新交的男友回來，幾個月換一個新的。那些時候，田姿姿總會很合群地到另外一個同學房間過夜，或戴上耳機假裝睡覺。唯獨那麼一次，就那麼一次，同房帶回來的「男友」醉醺醺地來到姿姿的床前，被田姿姿踹了一腳，趕出房門。

因為她牢記母親在她很小的時候說過，尊重自己，才會獲得別人的尊重。雖然姿姿自知在其他行為上沒有真正辦到這一點，但對於自己成為別人的「順便」或「方便」這件事，她還是非常介意的。她深知，除非自己也渴望想得到對方或對方的靈魂，否則免談。

這世上沒有多少人知道，姿姿外表豪邁，身上多處刺青，除了是一種對父親的抗議表現，多少也是一張自行選擇披上的保護色。這些都是「非誠勿擾」的警訊。被嚇走的人，滾得越遠越好；勇敢的人，就算選擇留下，但若不嘗試對她加以理解，那也都請回吧。

目前就只有顧非凡，這個剛唸完高中，在等著到大學攻讀工商管理與市場營銷雙學位的小子，能和自己自然地、愉快地相處。非凡懂得欣賞姿姿喜歡聽的重金屬音樂，姿姿也可以接受非凡喜歡的電音；兩人可以為一部獨立電影的拍攝手法爭執上一天，然後決定兩者皆可；他們可以暢聊要是某位史上哲學家活在現代社會制度下，是否還會做出同樣的言論；他們也會經常給對方設題，考驗對方如何為某品牌重新設定市場定位以提高該品牌的知名度。更重要的是，他們會談料理、談烹飪、談對方、談愛情、談未來。

最難得的是，非凡能接得上姿姿沒說完的話，而非凡沒說的話，都不用開口，姿姿就都明白了。兩人像是彼此拼圖中缺掉的那一塊，形狀大小剛好。這莫非就是流行文化裡常提到的靈魂伴侶？還是因為兩人都年少無知，擅自腦補著劇情，將自己和對方都幻想進了一部愛情電影裡？

當然田姿姿和非凡一樣，也並非是被可能戀愛的刺激感盲目之人。姿姿習慣性地會在非凡跟自己說話時，留意非凡的眼睛，看看對方是否會在下意識偷瞄她皮膚上的圖案和綠色的頭髮。如果有，就表示非凡嘴巴上說的「不介意」，是假的。然而目前為止，非凡都沒被姿姿逮到。

當然姿姿不知道的是，非凡對紋身和挑染的頭髮早已見慣不怪。他的第二任女友便是一個比他大三歲，在刺青店上班的學徒。她頭髮的顏色每隔一個月就會重染，只不過非凡總共只看過她的兩種髮色，就分手了。

對於自己的戀愛史，非凡從來不隱瞞。對他而言，說謊就像上語文課時寫作文一樣，要捏造虛擬的場景，還要鋪陳故事情節，對於做事一向沒什麼耐性的非凡自然不太在行。撒了謊，還得為了圓謊，而牢記那些情節細節，未免太累人了。況且，顧非凡是一個怎麼樣的少年，眾所周知，想騙，也騙不了人。

非凡的情史，姿姿是知道的。今天下午非凡在餐廳樓上她的房間裡的動作熟練，沒有一絲尷尬，沒有一點笨拙，她並沒有感到意外。然而，這畢竟是自己的初戀，哪個女生內心不期待浪漫的？姿姿僅期待自己的每一個第一次，都能和最溺愛自己的人一起度過。

媽媽死了，爸爸巴不得不要見到我。此刻，全宇宙就只有顧非凡這個笨蛋最疼我了。這下子好了！你把人家趕走了！田姿姿你這個白痴！

想到這裡，田姿姿哭著把外套穿上，想找顧非凡道歉去。

～＊～

不料，才打開房門，就看到非凡雙手插口袋，帥帥地站在那裡。

「你爸爸讓我上來的。餐館現在很忙，他說他需要你下去幫……」非凡還未把話說完，便感覺姿姿撲上來，把自己緊緊地抱住，勒得非凡呼吸困難。

「我喜歡你，你要我做你的女朋友，我就做你的女朋友！」非凡聽見姿姿濃濃的鼻音說道，感覺她的雙手摟得更緊了。

～＊～

「不，姿姿，你聽我說。你先聽我說，你不願意的話，我可以等，我願意……」非凡掰開姿姿的手，想解釋，褲袋裡的手機便突然響了。他掏出手機，用食指回拒了來電，想繼續把過去兩天排練好的台詞唸完。

「我願意……」非凡掙扎著把話說完，但他沒有辦法，因為褲袋裡的手機又響了。「我是說，我可以等，我願意等，因為……」手機一直響個不停。是釋懷打來的。除非重要的事，她從不隨便給非凡打電話，這一定是什麼人命關天的事。

「你聽電話。我也可以等。」姿姿終於笑出來了。人都來了，話說不說，都已經沒那麼重要了。

「喔，那你等一下。對不起。」非凡拿起電話。「喂，姊。我在姿姿這裡，找我什麼急事？」

「非凡，奶奶出事了，你趕緊回來。」電話另一端的釋懷聽上去有一絲絲著急。

~※~

「姿姿，我得走了。我家人出事了！」非凡察覺出釋懷語氣中的焦慮。他從未見識過姊姊這樣，不免有些擔憂。

「我跟你去吧！」姿姿提議。

「不，你留下，下樓幫忙田伯伯。我一會兒打給你。」非凡安慰姿姿，親了一下她淚溼的右臉頰，轉身就離開了。有些事情，外人還是不要知道太多比較好。

若姓江這家人有一個優點，那就是在越混亂的情況下，越能沉得住氣，不會亂了陣腳。

江素娘當年被新屋主趕出家門時，身無分文，身心殘疾，不也如此將兩個孩子拉拔長大？

馮大媽去世後，麵館生意失敗，他們一家三口還不是東山再起？

只不過一個從未盡過祖母責任的陌生奶奶出事情了，能給他們一家人帶來什麼樣的影響？

但他們有所不知的是，這事可大可小。當時非凡雖有預感奶奶惹的禍應該沒那麼簡單，但他並不知道，奶奶是被警察捉去關起來了。

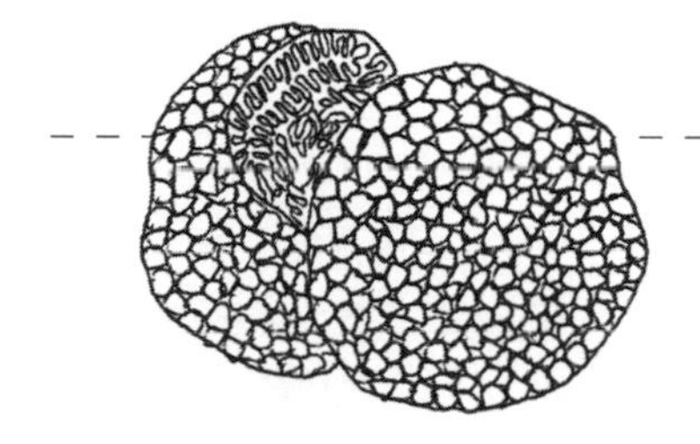

誰扔了這些寶貝東西？

「誰扔了這些寶貝東西？」顧爺爺蹲在鹿阱市中心的「食一」不遠處，一家叫作「瑪德琳」的高級法國餐廳的後門旁邊，翻動著一個小木箱裡的東西。顧老太太好奇地走過去，想看個究竟。小箱子裡有幾顆像黑石頭一樣的東西。

「搞不好是狗糞。走啦走啦！」雖然才剛過十點鐘，顧老太因為今晚收穫不少，大包小包的，想早些回去，讓自己的一副老骨頭歇息歇息。況且今天浩天沒有跟著來，她不免有點擔心。

「你真是有眼不識泰山啊。你聞我的手。」顧老先生伸出捏過「黑石頭」的手，讓老婆聞一聞。外表像石頭的東西，拿在手的手感卻很輕，頂多二三十克左右，表皮有密集的疣狀，摸起來有一點像荔枝外皮般粗糙。

「看起來像一坨動物拉的屎，聞起來又像臭襪子，難聞死了，究竟是什麼鬼東西啦？」顧老太不太耐煩地推開老公的手，就感覺肩膀被拉住。「什麼啦，什麼啦？」

「是黑松露！跟魚子醬和鵝肝一個等級的世界頂級美食呀！一百克三千美元呀！」顧老先生興奮地取出一顆松露，拉著老太太轉到燈光底下。「這一個小箱子裡的松露大大小小加起來起碼值好幾千美金。」

「這麼貴的東西怎麼會有人丟掉？還不趕快放回去！」顧奶奶雖然疲倦，可她那顆腦袋還是清醒的。

「因為那些人跟你一樣蠢，以為這一箱是狗糞咯！放在垃圾桶旁邊，不是要扔掉是什麼？」顧老先生顯然得意得不行。拾荒一年多，要數這次的收穫最好，豈能輕易放棄？

「放回去！放回去！」老太太催促著丈夫，但老先生不肯。這寶貝這麼值錢，就算賣不出去，自己天天吃也很豪華呀。

老先生蹲久了，關節有些不給力，他一隻手撐著潮溼的牆壁，另一隻手抱著木箱掙扎著卻一直站不起來。顧老太太於心不忍，走過去拉他一把。

突然，「瑪德琳」的後門打開！一個壯碩的男人探出頭來，像是在尋找什麼。他舉起手機，打開手電筒功能，往垃圾桶旁邊照過去。

「咦，剛才的小木箱你放哪去了？怎麼不見了？」男人把身子縮回去，像是在問店裡頭的另一人。

「就在回收垃圾桶旁邊啊。」裡面的聲音冷冷地回答。

原來「瑪德琳」的工作人員正在進貨！他們忙著先把需要冷藏的食材處理好，匆忙間漏了這箱珍貴的松露還未搬進去。

顧老先生站不起來，只好和顧老太爬到垃圾桶的另一端去。十秒鐘後，他們終於站起來了，但兩人一時慌張，木盒子從手裡掉落，和地面撞擊出「碰」的一聲巨響。

店員機靈地將燈往聲音的方向照過去，只見有人彎下腰拎著木箱拔腿想跑！就在關鍵時刻，顧老太把顧老先生給推倒，讓他繼續待在垃圾桶後面，她自個兒搶過木箱子，往後巷的另一端跑去。可七十多歲的老腿，如何跑得過二十幾歲的餐館員工？

～⁕～

「你們想保釋的人，她是你們的誰？」警員邊問，邊將江釋懷和顧非凡帶到警局的一個房間外。透過玻璃窗，釋懷只看到一個滿頭凌亂白髮的老婦人的背影，半臥在小沙發上，像是睡著了。平時意氣風發的顧老太婆，從這個角度看過去，竟然有些落寞，看得釋懷一陣鼻酸，差點落淚。

「你們要保釋的人，叫『王～梅』？」警員問。

釋懷點了點頭，接著回答：「對，她是我奶奶。」

她是我奶奶。

釋懷從沒想過自己的嘴巴會吐出這五個字。她愣了一下，再輕輕地在自己右臉頰拍了一下，想確認自己的耳朵真的聽到自己說出這句話。嗯，確認。才繼續跟警員對談。

誰知，釋懷剛簽了保釋單，繳了保釋費，才正要推開門進去，便發現非凡不知躲哪去了，只好對警員難為情地笑了笑，解釋說：「奶奶最疼我弟。我等弟弟回來才進去接她。」說罷，拿起手機想打給非凡，想叫他趕緊滾回來。

「我才不想獨自一人面對顧老太婆的冷嘲熱諷呢！」她自言自語。「哄奶奶是非凡的天賦，也是他的責任。接奶奶回家的任務，也非非凡莫屬。」

「警局裡不准使用手機。」警員不苟言笑用拇指指了指釋懷掌心的電話。釋懷只好給了一個傻笑，乖乖將它收起，一臉尷尬地和警察叔叔站在房間門邊等非凡。閒不下來的釋懷既不能用手機，又不想推門進去獨個兒跟奶奶交談，只好每隔幾秒鐘望望走廊，再膽怯地望望警察先生。警員全程沒有一點表情，就只是堅守在門口防止犯人逃跑。

非凡約五分鐘後才鬼鬼祟祟地在釋懷面前出現。

「你都死哪去了？」釋懷用力揪著賊頭賊腦的顧非凡的衣領，張牙舞爪地問。

「呃，呵呵，呃，那兩個『瑪德琳』的職員是我認識的。

他們餐廳就在姿姿的附近。要是讓他們知道偷松露的是我奶奶的話，我跟姿姿就玩完了。」非凡不太願意在警員面前透露他躲起來的真相，但姊姊也未免太兇了，不說的話是要挨揍的。

歪打正著。非凡為了向姿姿隱瞞自己奶奶是小偷這件事，故意等報案的「瑪德琳」餐廳職員離開警局後，才偷溜回來和姊姊匯合。這麼一來，「瑪德林」的職員除了不會看到顧老太太和顧非凡在一起，不會通知田姿姿，更重要的是，他們不會知道顧老先生和顧老太這兩個專門在鹿阱美食街撿餐廳丟棄的食材的「食荒人」，跟*Sauver*®的江釋懷有直接的親屬關係。

~☀~

一直以來，*Sauver*®都對外宣傳：「餐廳進口的，大多是外觀不合格，如：三角形的蘋果、兩條尾巴的蘿蔔、長歪了的芹菜……樣貌醜陋，但絕對新鮮的食材。」並宣稱：「天天向批發商和大小農場進貨，為減輕食物浪費盡一份力。」

沒有人能夠想像，或者敢去想像，*Sauver*®的美味料理中，有一部份是來自其他高級餐廳後巷的回收垃圾堆裡的食材。

~☀~

這也是這家只有十四個座位的 *Sauver*® 能在短短一年當中，在扣除成本後，每個月盈利淨收還有近乎九萬美金的原因之一。

餐廳在申報稅務時，標明餐廳建築的房契已經由前屋主馮閨秀付清，因此在租金方面已經節省不少。

但一家高級餐廳的食物的成本能只佔其他餐廳的五分之一，非常不可思議。

江釋懷在接受訪問時聲稱，大多數餐廳一般會為菜單上的每一份餐點都準備過量的材料，必定有沒用上或用不完的食材。但為了保持新鮮，這些完好無損的材料都會在當天晚上被白白地浪費掉，食材的成本自然高。

Sauver® 就不同了，因為是無菜單餐廳，而且每晚只接受十四位顧客，所以精打細算的主廚能完全掌控食材的份量，因此需要的食材不會過多。再加上主廚懂得變通，懂得以聰明的方式將 *Sauver*® 以低價購買農場或批發商當天賣不出的，或外觀不合格的食材轉化成精美料理，購買新鮮食材的金錢自然被節省下來。

然而，我們如今都知道那並不是全部事實。

~ ✳ ~

一年多前，從爺爺和奶奶帶著顧浩天，身無分文地來「馮大媽」麵館的那個晚上開始，江素娘家中就多了三張要餵的嘴。可是「馮大媽」麵館已經結業，江素娘和釋懷兩人沒有別的技能，非凡又還沒高中畢業，一家六口要如何餬口？

江素娘拿出這些年存下的聾啞人士傷殘津貼，釋懷大概算了算，勉強只夠一家六口三個月的伙食。釋懷原本想拿出馮大媽留給她的一萬塊錢來養家，卻被母親阻止了。母親做了一個手勢，表示：「我會想辦法的。」

~✳~

江素娘趁家翁和家婆用完晚餐後，帶著顧浩天出外散步的時間，召集兒女開緊急家庭會議。兩小時討論下來的唯一結論，就是讓江素娘和江釋懷去鹿阱市中心當廚師和侍應生，非凡則暫時停止唸大學的計畫，先打工補貼家用，待家裡經濟好轉再復學。

江釋懷覺得無所謂，反正她從十四歲開始就在端盤子，而母親也喜歡在廚房裡工作，倒是非凡有些支支吾吾說不出個「好」字。沒吃過苦的孩子，突然必須停學替人打雜工，賺取微薄的收入，非凡當然不甘願。

「這我可不答應。我的乖孫非凡這麼聰明，怎麼可以不唸大學！」顧老太太散完步，上廁所時路過三人身旁，插嘴說。

「太好了！謝謝奶奶！」非凡如釋重負般大叫一聲。

「那我們吃什麼？」釋懷翻了個白眼，問他。

「吃這個！嘻嘻！」顧浩天從門後拎著大包小包，重重地放在釋懷面前！

「這是什麼？好香！」非凡因為這幾天母親的食材不夠，有些吃不飽，聞到食物的香味，不免激動起來！

這小子，好沒骨氣！

釋懷給了非凡一個鄙視的表情。非凡忙著打開盒子，才沒閒情理會姊姊。他也不能開嘴說話，因為在忙著猛吞口水。太香了，張嘴的話，裡面漫溢的口水馬上就會流出來。

在印著「食一」招牌的盒子裡，裝著一個個切得整整齊齊的義式千層麵。

「我們來這裡之前經常去這家義大利餐廳領他們賣不完的義大利麵充飢，味道還是不錯的。」顧老先生看見孫子那麼興奮，心情也愉快起來。「那裡有一個龐克打扮的小女生每晚都在後門派餐盒。我們看今晚菜色不錯，便多領了幾片回來。」

非凡沒理會爺爺在說什麼，或者食物的來歷衛不衛生，就自顧自地吃了起來，邊吃邊叫：「哇！好吃！讚！」

釋懷一臉不屑，自己又不是什麼要飯的，憑什麼吃人家扔掉的食物？

「還有這些！嘻嘻！素娘，你看！」顧浩天又從推車裡拿出兩個包菜、幾把洋蔥、三條法國麵包……還有一袋滴著水的東西！顧浩天把手伸進去，拉出一個個紅魚頭放在桌上，冰塊和水流得一地都是。

「喂，爸！你看你，把我的記事本弄溼了！」釋懷被惹毛了。母親在和自己談正經事，幾個不務正業的人就只會搗亂！

江素娘捏了捏釋懷的肩膀，示意要她沉住氣，再向顧浩天做了幾個手語。這些手勢唯有釋懷和非凡看得懂，但非凡滿嘴千層麵，一臉為難。釋懷只好嘆了口氣，替父親翻譯母親想說卻說不出口的話。

「媽媽說，她記得你喜歡吃包菜卷，明天做娘惹魚肉包菜卷給你吃。」說完便把食材拿去放冰箱了。

「好啊好啊！我最喜歡吃包菜卷了！明天有包菜卷吃了！明天有包菜卷吃了！」顧浩天像一個孩子般揮舞著雙手。顧老先生老太擔心他情緒太激昂，病情會復發，趕緊半哄半逼地把他拉上樓休息。樓下恢復一陣安靜。

「啊！啊！啊！媽！姊！我知道怎麼做了！」釋懷的耳朵被震了一下。顧非凡吞下最後一片千層麵後，突然用力地拍了一下桌面，大動作地宣佈。

~⁕~

太大膽的點子是需要時間來適應的。顧非凡出的點子，江素娘和釋懷起初一直聽不進去，也預期不到它的可行性。

「首先，你們兩個是咱們餐飲業的專家，去替別人端盤子、洗碗碟簡直太浪費了。而我是腦袋那麼好，口才那麼厲害的一個才子，不加以利用也一樣太浪費了。聽我的，我們就什麼才華都不會浪費，什麼食物都不會浪費！」非凡擺出一副胸有成竹的樣子。

顯然地，包菜卷也給了這小子莫大的靈感。

「一家餐館在哪一方面花費最多？」非凡問姊姊。

「租金、工作人員、准證，還有食材。」釋懷回答。

「租金，馮大媽已經替我們解決了。謝謝您啊，馮大媽！」非凡仰起頭，對天花板做了一個「拜拜」的手勢。

「工作人員，媽媽煮，姊你端菜，宣傳我做。」非凡再說。「營業准證沒得省，但我們可以不賣酒水，客人自己帶，這樣就不必買酒牌，省下一大筆錢。」

「至於食材，分三大類：買的，撿回來的生食，還有撿回來的熟食。」非凡繼續說。

「噁心！」釋懷搖了搖頭，不贊同。她和母親都無法接受食物再循環這個概念。

「拿別人的剩菜來做菜，再賣出去，這不是和菲律賓的『回收肉』（Pagpag）一樣嗎？有業者在菲律賓首都馬尼拉，從垃圾堆中撿回餐廳丟棄的剩菜，如快餐店裡顧客吃剩的炸雞肉塊，洗淨後油炸了再加入佐料和配料烹煮，然後以非常低的價格賣給窮人。」非凡眼睛瞪著手機網路上的資訊。

「這樣會不會太不衛生？」釋懷問，一臉難堪。

「我們還不用淪落到這個地步。」非凡擺擺手。

「熟食這一部份，姊我明白你的顧慮。但你們記得嗎？其實媽媽之前不也將馮大媽賣不完的麵條重組包裝，不也很受歡迎？我們只挑好的回來用。」江素娘這時才知道，兒子整天在店裡亂晃，也不是什麼都沒學到。

「至於爺爺奶奶撿回來的生食，我說姊呀，你也喜歡吃包菜卷，明天媽媽一做，我就不信你能忍著不吃？怎麼樣，還會不會有要飯的感覺？」非凡調侃著釋懷。

「食物就是食物，只要沒有腐壞，都是營養和能量的來源。」釋懷被弟弟批評得有些無地自容。

「有些食材我們還是必須買的，但我們直接接洽農場，專買醜的、怪的、產量過多的、不能放在超市賣的。價錢會比一般批發商便宜很多。」非凡似乎已經打好如意算盤。釋懷見他如此淡定，決定給這小子一個發光的機會，也給爺爺奶奶一個為家庭貢獻的機會。

~☀~

然而「馮大媽」麵館有幾個潛在的問題：一、它離市區很遠，而市中心的美食也很多，食客大可不必大費周章來這裡用餐。二、儘管土地面積很大，但房子很小，能使用來招待客人的實際面積很小。店面一次過只能舒舒服服地擠進十四位顧客。餐點若賣得太便宜，盈利就不多。三、「馮大媽麵館」這店名土得可以，年輕人一聽，就嗤之以鼻，又怎會想到要來光顧呢？

若是如此，「馮大媽」麵館就不得再以如此「親切」和「家鄉菜」的形象示人，因為「親切」和「家鄉菜」跟「經濟實惠」是劃上等號的。「實惠」就表示賺不到錢。因此，餐廳必須來個大改造、轉型，尤其在概念和餐館名稱上，必須「有個性」「有話題」，才能達到大聲宣揚餐廳概念的效果。它也不許再售賣麵條，而是轉賣高雅的西式餐點。

非凡這小子很機靈，腦子動得特別快，很快就想出一些新名稱，並在家庭會議上提議了好幾個。其中，「*Sauver*」（法文：拯救的意思），以全部票數通過，成為新餐廳的名字。

非凡提出，現代餐廳都會設定主題來引起食評的關注與青睞，比如：超級英雄、恐怖片，有餐館甚至故意聘請失智症老人擔任侍應生，以「上錯菜」為主題。他建議*Sauver*®以「給『垃圾』食物新生命」的環保概念來吸引平時愛浪費食物的有錢食客，喚醒他們的良知，讓他們以到*Sauver*®用餐自贖。

然而誰也不知農場每天能供應的是哪一種樣子極醜的蔬果，更無法預料爺爺奶奶前一晚會撿回什麼食材。於是非凡想出一個好辦法，那就是讓*Sauver*®標榜著「這家餐廳主廚為了要使用當天最新鮮的食材，因此每天都只提供『沒有固定餐點』的『品嚐菜單』。」一系列十四道菜的料理，每一道菜都一小口一小口的，用不了多少食材。

江素娘對於自己必須發揮創意，每晚必須臨時想出新菜色的提議，非但沒有怯步，反而感到無比興奮。釋懷看了看母親，雙眼炯炯有神，還像個孩子般，微微地在原地蹦了幾下。

或許是我太悲觀主義吧！

釋懷承認。但母親滿腹期待的臉孔，弟弟一副自豪的表情，令釋懷不得不將自己「不看好」新餐廳的負面想法，都埋了起來。

餐廳主題還有食材方面大致上解決，接下來就是打響品牌。

非凡為了宣傳*Sauver*®，組團將名人們帶到生產蔬果的農場，讓他們見識大量果菜被丟棄的過程，然後再帶領嘉賓們前往*Sauver*®的廚房見證回收的果菜被烹飪成一小道一小道琳琅滿目的料理。這種「失而復得」的感覺，在餐廳開張後的前兩個月醞釀開來，在第三個月終於在鹿阱市爆發。*Sauver*®成為了名人、網紅爭先訂位的餐廳。

~✳~

顧老先生、顧老太在過去一年裡都會在晚飯過後，大約八點鐘左右，推著顧浩天從擠滿了客人的*Sauver*®後門出去，到鹿阱市去撿其他餐廳因快過期或當天用不完的食材和食物。然後在*Sauver*®打烊後的午夜，從後門將食材帶進屋裡，給江素娘處理。處理完畢的食材都塞進了廚房的大冰箱。

但他們三人也不是飢不擇食，什麼都拿回來，而是有選擇性地撿。譬如：味道太腥的熟食，他們不要；在外頭納涼超過一小時的，他們也不要；容易變酸、變臭的他們更不要。三位「食荒人」的首選是乾糧，或有可能轉換成另一種料理的食物，如澱粉類：白米飯、麵條、麵包，還有蛋白質類：尤其是切剩的肉塊等。幸運的話，他們有時會遇到部份因撞傷而被丟棄的蔬果。有時他們也會帶回一些邊角料。

開始的時候，釋懷視爺爺奶奶回收的食物為負擔。母親才在廚房裡為顧客做了十四道的料理，本應上樓休息了，誰也不該搬回這些「垃圾」來給她添麻煩。

然而，釋懷見證了奇蹟：自己原本精神狀況不好的父親，拎著這些食材給母親時眼裡的興奮，還有母親在接收這些食材時，表情中的憐愛。從那一刻開始，釋懷決定讓母親自己做主：是要接受或回拒父親的好意？

慢慢地，父母衍生出一套處理回收食物的系統。父親在回到家之後會將撿回來的食材分類，然後一字排開，方便太太檢視。不能用的，父親會馬上丟掉；能用的，母親會仔細檢查，清洗、切好。兩人隨之開始將現有的與撿回來的食材歸類、標記。冰箱裡的食物更像是科學實驗室裡的標本，儲放得井井有條。顧爺爺和奶奶只要不覺得累，也都會過來幫忙。

待大多數家人都睡了，江素娘才將做好的筆記帶上樓，想想明天的菜色。

每個晚上，整個廚房都是顧浩天還有兩個老人的笑聲。雖然江素娘的喉嚨依舊沒有發出任何聲響，但釋懷看得出，低著頭做筆記的母親，已漸漸恢復了笑容。如果這是能令母親快樂起來的方法，就算再噁心、再另類，釋懷也願意接受。

慢慢地，爺爺奶奶也不再多插手管兒子和媳婦的事情了。他們變賣了所有家當，都治不好這個從破爛堆裡尋獲的獨生子。如果成為「食荒人」，如果回到這個不夠格的媳婦身旁，能讓這兒子恢復一點正常，他們也就認了。如果兒子認為在別人餐館的回收垃圾堆為妻子撿回可使用的食材是他的使命，腦袋能因此變得清醒一點，不再傷害自己，兩老也實在沒有反對的理由。

況且，他們目前也不敢跟江素娘與江釋懷對抗，因為兩張老肚皮有沒有飯吃，就靠這媳婦了。還有，顧家唯一的乖孫，非凡的心，是向著母親的，若因為婆媳關係搞得兩個七十幾歲的老人要被趕出門，流離失所，見不到兒子和孫子，就太不划算了。

相反的，顧老先生、老太深知只要自己咽得下這口氣，每晚與兒子顧浩天回收食材，帶回去讓江素娘審視，讓她隔天烹煮給由孫女江釋懷負責招待的*Sauver*®的有錢客人們吃，賺點錢讓兩個老人享受一點天倫之樂，也算是天作之合。

喔，可別忘了寶貝孫子顧非凡的功勞呀，要不是他聰明，懂得找到獨特的視角宣傳*Sauver®*，一切都只是枉然。

～✳～

所以，怎麼能讓這一切努力毀於一旦，毀於他們兩個糊塗老人的手裡呢？老太太當下一定是這麼想的。

顧老太太雖然跑得不快，可是腦筋倒是動得還夠快的。她在發現被「瑪德琳」餐廳職員發現的那一刻，就領悟到顧爺爺被逮捕的後果有多不堪設想。

有關*Sauver®*和「食荒人」之間的這道關係，奶奶當時倒是沒考慮到。她只知道這個年代裡，姓「顧」的人很少，一旦被起底，寶貝兒子顧浩天和乖孫顧非凡就會受牽連。另一方面，姓「王」的人很多，至少要比姓「顧」的多上幾千、幾萬倍。

只要她打死不認，誰會曉得她就是當年鹿阱市明星工程師顧浩天的母親？誰又會曉得他們一家淪落得瘋的瘋、啞的啞，需要靠撿破爛、「偷」東西來苟且偷生。

不，就算被關起來坐牢，也絕對不能認。老太太已經做好「壯烈犧牲」的打算。單在鹿阱市姓「王」，單名「梅」的人也應該不少，很難追溯回姓「顧」的人身上。所以推開顧爺爺去頂罪，就連釋懷都覺得確實是「明智之舉」。

再說，在顧老太封建的思想裡，顧老先生是一家之主，是家裡最重要的成員，絕對不能被關起來。反之，自己一個女人家，不過是丈夫的附屬品，就算坐牢，家中沒有人做飯、洗衣，丈夫大可以再娶。

但也因為她認定了自己是個女兒身，所以不能算是和丈夫同等地位的人，江素娘就不能跟浩天同等地位，釋懷也不能和弟弟非凡享受相等的待遇。無論自己、媳婦、孫女有多能幹，多有才華，多有智慧；無論家裡的男人有多依靠女人；無論家裡的男人有多尊重女人，男人始終還是高女人一等。

女人的價值，應該由誰來定？自己是不是寶貝，應該誰來決定？

既然如此，瞧不起女人的，會不會也是女人本身？

說到底，究竟是誰扔了這些寶貝東西？究竟是誰才不識貨？

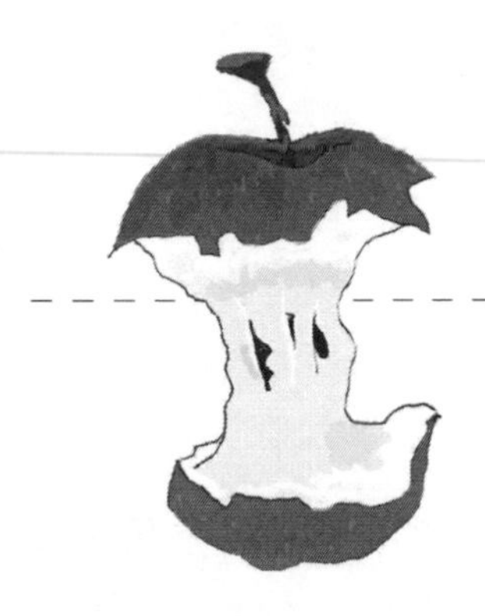

從醜陋到美麗

顧奶奶被保釋在外，躲在房裡哭了幾天，不斷地重複著「我不要坐牢，我不要坐牢」這句話。她在人前表現出一副「視死如歸」的堅強樣子，但私底下吃不下睡不著，衣服不換，頭髮也不梳，連大門都不敢踏出一步，說是擔心會被誰認出，連累丈夫、兒子和孫子。

顧爺爺則因為自己的一時貪婪，害得自己妻子頂罪，夜夜擔心受怕，也難過得茶飯不思。釋懷看了心疼，只好苦苦哀求非凡在那幾天裡，每個傍晚帶著父親，在兩老門口半騙半哄地要爺爺奶奶出來吃飯。

江素娘在旁幫不上忙，唯有利用自己的巧手，為兩個老人烹煮一道道他們愛吃的菜餚。非凡更是為了博兩老一笑，吃了生平第一口苦瓜，還有紅薯湯。他邊咀嚼，邊擺出一臉難受的滑稽樣子，逗得爺爺奶奶緊蹙的眉頭開了，嘴角也上揚了。兩人抱著孫子，又捏又摸的，七嘴八舌地告訴他苦瓜有什麼清涼解毒的功能，吃了不長痘痘；紅薯有什麼微量維生素，吃了通便。餐桌又恢復了以往的生氣。忙著準備開業，卻更像旁觀者的釋懷和素娘，看了看對方，倒也滿足地笑了。

~*~

大家在預備聽到最壞的消息時，卻意外接到了最好的消息。釋懷幾天後接到警局來電，說那家法國餐廳「瑪德琳」的老闆考慮到顧老太太年事已高，而且黑松露也已經歸還，決定銷案，保釋金也全數退還回來了。

警局表示需要請釋懷帶奶奶來簽名，案子才能算正式結束。負責此案的警員說完，便掛上電話，沒說別的。看樣子，警局並不知道奶奶王梅的「食荒人」身份，也不知道奶奶和 *Sauver*® 的關係。

非凡證實了這一點。由於兩位逮著顧奶奶的職員，平時並沒有負責分發餐盒給「食荒人」的職務，因此他們都不認得顧老太，連同「瑪德琳」的老闆，全都以為她只是一個路過餐廳後巷，順手牽羊的普通老太婆。

顯然地，警局裡也沒有一個人認出 *Sauver®* 的餐廳經理兼服務員江釋懷。

Sauver® 畢竟不是一般受薪階級有能力光顧的高級餐廳，他們當然不認得我。江釋懷一廂情願地這麼想，就是打死不認自己長得一張大眾臉。不過其實這也沒有什麼好奇怪的，畢竟從「馮大媽」年代，到如今的 *Sauver®*，報章媒體的報導都只聚焦在啞巴廚師江素娘身上，誰會去留意江釋懷這區區一個侍應生？

~☀~

奶奶沒事就好。大家都出奇地高興，雖然這位老太太並不好相處。

江素娘、釋懷和非凡表面上並無表現出什麼特別的舉動，但暗地裡確實鬆了一大口氣。只是令他們不解的是，為何兩個老人才休息了兩個晚上，就又決定「重出江湖」？

黑松露事件似乎並沒有完全將兩個老人嚇倒。或許是拾荒拾上癮了，更或許他們認定這項「飯後活動」有益於幫助顧浩天的精神恢復正常，所以要堅持下去。也對，顧浩天一天不出去拾荒，就會開始表現出怪異的行為，開始自言自語了。兩老怕他病情又嚴重復發，只好在飯後又推著手推車出門去了，讓兒子有點事情可以寄託。

自然的，他們三人也不敢回「食一」和「瑪德琳」餐廳所在的那條街道上去了，要不然又被認出就麻煩大了。於是，他們又開始探索鹿阱市的其他地方，去找「好東西」了。事實證明，他們眼光獨到，不少餐飲業者見到鹿阱市這幾年的飲食業利潤越來越高，新餐廳一家一家如雨後春筍般冒出來，鹿阱市又多了幾條美食街。「食荒人」也多了許多「好去處」。

儘管三人都有些懷念「食一」的義大利料理，還有派送餐盒的龐克妹，但新地點也有新地點的好。這幾條街上，有提供異國料理如越南、黎巴嫩、希臘美食的餐廳，江素娘因此多了許多有趣的新食材，可以更天馬行空地發揮廚藝。*Sauver*® 有更多新的菜色，客人們自然就更有口福了。

越南料理和中式餐點有些相似，不同點在於越南料理很講究健康，幾乎不會使用到任何的食油和乳製品，反而利用大量的香料調味。越南餐廳所提供的澱粉類型不算豐富，但蛋白質方面的種類卻要比別國料理來得多。在這裡，顧爺爺和奶奶可以撿到別處很難得才有的鴨肉與蝦子，和薄荷、九層塔、酸柑等沒那麼普遍的香料。

兩老也喜歡「收集」黎巴嫩料理。這種中東美食是近年才開始流行開來的。比起其他阿拉伯國家，黎巴嫩因曾為法國殖民地，其料理更為細緻、浪漫。當中最受歡迎的要屬黎巴嫩烤肉。但沙威瑪製作時總一大串，往往在一天裡賣不完。雖然實驗證明，沙威瑪其實冰起來隔天再賣，對於肉質和食用者的健康都不會有太大的影響，可是餐廳擔心貪鮮的顧客若看到旋轉烤肉叉上的肉只剩「苗條」的一串，就一定會知道那天的肉不是現做現賣的，嫌棄它不新鮮。因此黎巴嫩天天扔掉的烤肉，份量很可觀。

希臘料理是所有料理中，顧爺爺最看不上的，因為部份料理和黎巴嫩的相似，卻並不比其他國家的料理有特色。對吃有一點認識的老人家總覺得希臘料理雜七雜八的，沒有主題性。然而，希臘料理是這條新的美食街上，唯一可能撿到整條魚的地方，因為其他的餐館都習慣購買預先去骨的魚柳。若江素娘想用魚骨熬湯，或用魚頭烹煮米粉，希臘餐廳是個可以考慮的「供應商」。

新的拾荒地點也因為在住宅區附近，能讓顧浩天順道撿回許多被丟棄的，但幾乎全新的家用電器。在這個「買比修便宜」的年代裡，只要電器有一點碰傷或損壞，主婦和幫傭們丟棄廚房電器的機率很高。

顧浩天每晚都會躡手躡腳地打開每一個放置在屋外的垃圾桶，看看裡面有沒有被丟掉的電器。如果有，他的情緒會比看到自己愛吃的包菜卷更亢奮，會忍不住叫出聲來。發生過幾次之後，兩個老人學乖了。他們一人幫忙打開垃圾桶，另一人則手握住毛巾，只要兒子一尖叫，便拿出毛巾捂住他的嘴，降低他的聲量。

顧浩天也不是完全沒有選擇性地撿回這些電器。有時候，他搬回家的是自己有信心能輕易維修好的電器，如餐館目前正在使用的洗碗機；有時候，他要的只是某個電器裡能夠使用在另一個電器裡的零件和電板。或許，在他心裡，兩個不完整，真的能夠湊成一個更堅固的完整。

~ ⁂ ~

顧浩天的心理疾病並沒有完全影響他工程師的天份。他將這些電器改裝，變成有探測功能的打蛋器、自動調節火候的噴火槍、自動攪拌濃湯的鍋子、具有冷氣裝置的馬克龍盒子……改裝好的廚房電器，一份份都當作了禮物送給江素娘，減輕她在 *Sauver*® 的小廚房裡的工作量。

離開醫院好幾個月了，眼看顧浩天的藥很快就要吃完，正當大家還在猶豫著是否要帶他回精神科複診之時，顧浩天毅然宣佈不會再服用抗精神病藥。因為這些藥丸除了令他不斷地流口水，還令他的肌肉僵硬，無法正常步行。他也聲稱藥物令自己的意志力和記憶力明顯減退，無法創作。

一家人在投票後，決定允許顧浩天停藥兩個星期，再見機行事。在那十幾天當中，顧浩天依然無法像正常人一樣生活，偶爾會自言自語，偶爾會復發，執意摧毀東西。

只是很明顯的是，只要有江素娘在身旁，顧浩天就會變得溫順許多，眼神時而會發亮，時而會掉眼淚，是最接近原本個性的一個版本。有妻子溫柔地依靠著，顧浩天可以自由地發揮創意；有她淡淡的體香環繞，他可以像一個正常男人一樣有尊嚴。

江素娘依然像過去幾年裡一樣無法發聲，偶爾會因詞不達意而表露出氣餒的神情；偶爾會因為手語被別人誤解而向釋懷抱怨。但在丈夫身旁的她，是最接近原先美麗的自己的一個版本。有他胳膊抱著，她可以安心地專注於處理食材，在他目光全神貫注地投射下，她感覺自己像一朵向日葵，正慢慢地抬起頭來。

~✳~

每晚十一點鐘，江釋懷在送走餐廳客人之後，都會習慣性地打開廚房的門，確保母親還好好的。

今晚依然和往常一樣，廚房的地上、工作檯上滿是殘缺不堪的食物。旁邊兩堆食材是凌晨從供應商那裡買回來的，是今早來不及處理的醜陋蔬果。擺在中間的有些則是爺爺奶奶剛帶回來的戰利品。幾個人在窄小的廚房忙碌著，偶爾誰會打翻什麼，偶爾誰又會不客氣地做出批評，偶爾更有誰被趕出廚房。

但沒有今晚的混亂，就沒有明晚的體面。

~✳~

Sauver®營業時間並不長，從傍晚六時，到晚上十點準時休息。

可是為了這四小時的風光，他們一家人必須要付出多少心血和努力？江素娘和釋懷必須在凌晨四點鐘就開著橘色的二手小貨車，到批發市場去，為因長得難看而即將被丟棄的食材投標。便宜的食材還是有競爭者的，晚一點的話，種類就所剩無幾。買回來後，兩人可以再睡個回籠覺，直到上午十點左右起來準備晚上所須的食材。

起床之後，江素娘會根據前一晚所做的筆記，決定十四道菜式的作法，然後寫下每樣食材的準備方法，再交給釋懷。釋懷匆匆用過早餐後，便會和爺爺奶奶兩人一起，削！切！絞！剁！

釋懷雖然打從開始就不喜歡這對爺爺奶奶，但為了減輕母親和自己的負擔，她唯有忍氣吞聲，任由兩個老人對自己百般刁難與批評。

非凡則不會上前幫忙，原本因為他是男孫，赦免於家務事，但素娘和釋懷也都同意這個安排最好，因為這樣他才可以陪顧浩天重組撿回來的家用電器。這並非非凡所願，也難怪，因為顧浩天在非凡整個童年和青春期都缺席，父子之間根本毫無默契可言。但總該有個人充當顧浩天的保姆吧。反正非凡刀功不行，做事又輕率魯莽，放他在廚房幫忙就只有弄巧反拙的可能。

其實顧奶奶原本也不願自己丈夫戴上圍裙在廚房做事的。對她而言，廚房是女人的責任，而男人的手是尊貴的，不該沾染廚房裡任何一點油煙味。偏偏，她在被發現擅自盜取黑松露時，遭「瑪德琳」的店員強行拘留，兩個男人的腕力過重，扭傷了老奶奶的手，久久未癒，無法握刀。

切東西這差事對顧爺爺反而如魚得水，他的眼力好、刀法好，切出來的東西甚至比江素娘的更精緻，令人心服口服。像 *Sauver*® 這類型的精品餐館，需要的正是這般高層次的刀功。顧奶奶看著看著，居然也妥協了，將這門對她而言是苦差的任務，交給顧爺爺全權處理。

~⁕~

材料雖然前一晚就收拾好，一大早就準備好，但其實許多道菜，如煎炸的，必須在上菜前的幾分鐘才放入油鍋；沙拉則必須在餐廳營業前幾分鐘才開始處理。清蒸的料理也必須現做現賣，否則冷了就會變硬、變乾。

如果今天的十四道菜裡有燉肉，就必須優先處理，一大早就開始煮。江素娘會先用氣壓鍋把肉煮軟，然後再放進慢煮鍋讓脂肪化開，同時讓肉的纖維有足夠的時間吸收醬汁裡的番茄、胡蘿蔔、蔥蒜和香料的美味。用這個方式燉出來的肉，入口即化，和諧卻又強烈的風味在嘴裡爆開，齒頰留香，讓人捨不得吞下。

接下來就是濃湯。韭蔥馬鈴薯、羅勒番茄、奶油蘑菇、蘆筍玉米、灰姑娘南瓜、蛤蜊培根都是顧客喜愛的基本濃湯。有了顧浩天發明的自動攪拌鍋子，江素娘基本上在將濃湯食材煮沸之後轉小火，就無需再操心，湯料不會結塊，也不會燒焦。

有些甜點也可以預先準備，如蛋糕、曲奇、水果派、布丁、傳統糕點和冰淇淋都可在當天下午就做好。如果當天其他十三道餐點太複雜，*Sauver*®就不會提供爆米花、舒芙蕾或巧克力熔岩蛋糕這類只能在上菜前的五分鐘才能開始製作的甜點。

醬料，如一般麵條的肉醬、芝麻醬、鮮菇醬，或沾醬如梅子醬、酸辣醬、蛋黃醬等都可在搞定濃湯之後再來小心調配。雖然份量很少，但對江素娘來說，極為重要。一滴口味和諧的醬料可以改善一道菜的味道；相反的，再精緻的餐點則會因為醬料與菜式產生撞擊感而完全給毀了。調配醬料的重任，江素娘從不假他人之手。

燒烤的料理也可以提前大約半小時準備，但竅門在於火候。火太大，肉塊接觸炭火的時間短，導致外面焦，裡面生；火候太小則會導致烤的時間長，肉會老，但外皮卻沒有煙燻的香味。烤肉，必須全神貫注，火候要對，手腳要快，肉塊的外皮才會有吃起來有家庭燒烤會上的節慶感，裡面則還保留彈牙多汁。除此必須牢記：肉塊在離開烤肉架之後還會繼續憑著自身的溫度烹煮，所以必須提早起鍋。

在廚房裡的江素娘，沒有副廚，沒有助理，一個人就能勝任所有十四道餐點，還有餐點裡所需的，數也數不完的元素。工作如此繁重，江素娘卻從沒發過一次脾氣。身子小小的她，卻有著大大的能量，這是釋懷自認不如的。

市場買回來的一般的食材，一個江素娘勝任有餘。但多了顧爺爺和奶奶撿回來的食材，必須先仔細檢查、試吃、分類後，才能處理、烹煮，工作量明顯地增加許多。然而長時間待在廚房這個小空間裡的她從不皺眉，反而每晚都微笑以待。江素娘表示，食物會接收到廚師身體的快樂能量，這樣吃的人也會在吃下有愛的料理後，跟著感到幸福快樂。

對江素娘而言，食物便是食物，都有美味之處，都營養豐富，管它從哪裡來，管它們長什麼模樣。就像當年顧浩天不顧江素娘的身世，只因為江素娘的好，就決定和她共訂終身一樣。

~✳~

我們還以為，江素娘嫁給顧浩天之後，說什麼都做了十幾年的少奶奶，會染上其他豪門太太浪費食物的惡習。但她並沒有，她從不允許家中傭人囤積過多的食物，需要時才買，也不允許他們浪費，儘管她深知傭人們在她的背後喊她「寒酸的鄉下人」。

釋懷和非凡雖貴為名人的子女，自小也因為江素娘節儉的好習慣，並無太驕縱。他們的衣服和玩具大多都是素娘向二手店購買的，故事書更是向鹿阱市的圖書館借的。江素娘本身受的教育不多，可是她深知灌輸正確價值觀的重要性。

在馮大媽那裡工作時，江素娘依然保持節儉的良好習慣。她對每一個食材一視同仁，在烹煮時都莊嚴地對待它們。有好幾次，江素娘大膽地將蔬菜的根部或水果的葉子做成一道菜，想讓食客們認清自己吃在嘴裡的食物的生命來源。她也希望能賦予即將被丟棄的，但還可使用的食物，多一次的出場機會。

創辦*Sauver®*之後，即使生意蒸蒸日上，江素娘在任何情況下也不願意浪費食材。爺爺奶奶撿回來的食材和餐館用錢買回來的食材對她而言，都一樣珍貴，每天都願意絞盡腦汁如何將食材的每一個部份用完。打個比方，江素娘會將魚肉煮給餐廳的客人之餘，將魚皮用平底鍋壓在鐵板上油炸後給自己配粥吃，魚頭蒸了給顧爺爺奶奶做米粉湯吃，魚骨燉成湯給顧浩天補身子。她說，這才值得了那條魚對人類的犧牲。

當其他餐廳因為食材不是頂尖新鮮漂亮而將它們棄之不理時，江素娘堅決將它們的光芒還原。

法國餐廳丟棄的麵包不脆了，明天只要塗上黃油，放進烤箱五分鐘後，切成丁，再烤成金黃色，能為五顏六色的蔬菜沙律或濃湯加分；或者加入牛奶、香草精和葡萄乾，可被烤成麵包布丁；切成塊狀，再淋上乳酪，則能組成法式洋蔥湯。

被中餐館丟棄的泰國白米飯，可以在隔天炒成香噴噴的揚州炒飯；或者直接放入墨西哥卷；再煮稀爛一點就可以製成順滑的廣東粥類；甚至在加入雞蛋、牛油、香草精、葡萄乾和白糖之後，成為西方頗受歡迎的餐後甜點——米布丁。

鹿阱市政府規定，餐廳在丟棄生肉時，一定得將肉類以及海鮮包裝好，再放進一些冰塊，讓吃不起肉的「食荒人」帶回家烹煮。否則肉類海鮮在腐爛時會因為細菌大量繁殖的關係，產生危害健康的毒素。

顧老先生和老太知道肉類和海鮮價碼較貴，是一般有居所的「食荒人」會搶奪的。因此只要兩人在後巷一摸到有被冰起來的包裝時，都會先對這些下手，畢竟蛋白質的價位最高，即使不好煮的部位向供應商購買時，也不便宜。

除此，他們也會尋找一盒盒煮熟了的肉類。雖然這些食材可塑性不高，但紅肉依然可以加入紅酒，煮成家鄉風味的蘿蔔和馬鈴薯燉肉；而煮熟的白肉如雞肉、魚和海鮮則因為被高溫處理過，水份已全失，再煮下去只會變得像紙皮一樣乾癟，因此只能製成油酥炸絲，充作裝飾品，或加入澱粉打成泥。

義大利餐廳丟棄的麵條可以油炸成金黃麵餅，配搭蔬菜醬、燉肉，甚至加入濃湯都行；拼盤用剩的乳酪則可以混在一起，加入蒜汁、白酒和香料，充當前菜的沾醬或小孩愛吃的乳酪通心粉。

不過，顧家三個「食荒人」也並非飢不擇食，還是有一些，如印度餐的咖哩、台灣的臭豆腐、東南亞的椰槳飯等口味太重的食物他們選擇不回收。主要是因為這些風味會重重地襲擊*Sauver*®食客的味蕾，讓人見識不到江素娘的手藝。

雖然他們兩老都不喜歡這個一直以來高攀不起自己兒子的啞巴媳婦，但他們都不得不贊同，她的廚藝是無懈可擊的。於是，他們選擇接受這一點，也決定要竭盡所能去維護這一點。

雖然他們兩老都不贊同江素娘當他們的媳婦，但都民主地投票贊成，她的存在，提高了顧浩天的精神病好轉的可能性。於是，他們選擇接受這一點，也決定要竭盡所能去維護這一點。

儘管江釋懷和顧非凡原先也都不喜歡這對老人，但看他們都一把年紀了，還這麼拼命地摸黑去撿別的餐廳丟棄的食材，說是為*Sauver*®節省開支，實際上是為了有天能讓自己唯一的兒子顧浩天的病情變穩定，不再瘋瘋癲癲，不再流口水。父愛與母愛之偉大，論誰都會被深深地感動的。於是，他們選擇接受這一點，也決定要竭盡所能去維護這一點。

卑微的、被丟棄的、被浪費的食材，在他們這裡湊在一起，本質都能從醜陋的、下賤的，演變成昂貴的高級料理。

不正常的、被嫌棄的、不被看好的人，在他們這裡湊在一起，關係也能從醜陋的、下賤的，演變成可貴的美麗畫面。

食物也好，人也好，湊在一起，湊在*Sauver*®這裡，都有了第二生命。

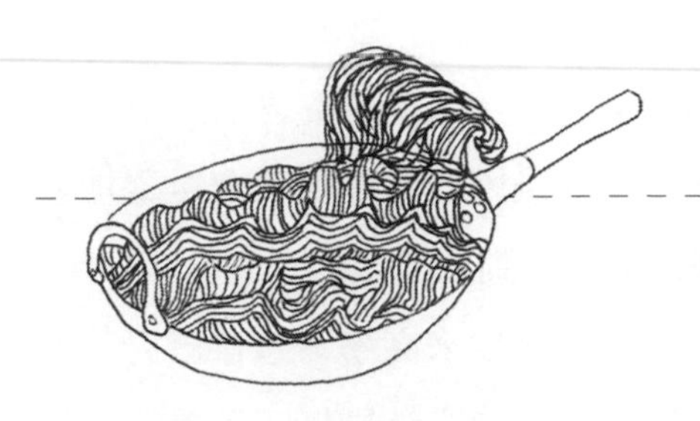

暴風雨前的平靜

慢慢地，顧浩天在一個溫暖的生活環境裡，即使不用藥，健康和精神都逐漸有了進步。他手腳幾乎不再出現抽筋或顫抖的情況，唾液也減少了。雖然他偶爾還是會做出一些奇怪動作，比如盯著房子的一個角落，對不存在的對象說話，但他已不會再表露出誇張或緊張的表情。他說，「那個人」是他的親信，會定時來他身旁報告外頭打聽到的風聲。親信說，他們姓顧的一家人目前還是安全的，因為原本想陷害顧浩天的幾個人，並不知道他原來就住在這個離原本鹿阱市中心不遠的地方。

江素娘的廚藝了得，顧爺爺和顧浩天在半年裡都各自胖了五公斤以上，反而是原本就嬌小的她自己，則因為過於忙碌，整個人消瘦得只剩三十幾公斤。江釋懷看在眼裡，心疼不已，於是她將「照顧在忙著照顧別人的媽媽」這件事當作自己的使命，天天提醒母親多休息，不間斷地端水送飯，有時乾脆站在江素娘旁邊，一勺勺地給雙手正在忙著處理食材的母親餵飯吃。

有好幾次，顧浩天看見女兒餵江素娘吃飯，會自動過來從女兒手裡拎過碗筷，好讓釋懷可以去忙別的。顧浩天會先用筷子把蔬菜和肉塊擰碎，和著白飯送到妻子嘴邊，自己嘴巴也跟著張得大大的，表情滑稽。雖然江素娘沒有做出什麼異於常態的反應，但釋懷看得出母親眼神裡都是幸福。

停止用藥的顧浩天與江素娘關係越來越親密，父親連在屋內走動都會牽著母親的手不願放開，兩人像極一對熱戀中的小情侶。釋懷已經做好和父親調換房間的心理準備。母親應該不再需要我這個女兒時刻的陪伴了。

在這段風平浪靜的期間，家裡和睦融融，六個人當中最為正常、冷靜的兩個：釋懷和顧爺爺，反而因為有些不被需要而感到失落。顧奶奶忙著嘮叨顧非凡，江素娘和顧浩天則一天到晚「黏踢踢」的，眼裡沒有他人。

自從顧爺爺開始在廚房裡幫忙之後，目睹著釋懷的幹勁兒，對她原本的不良印象有所改變，於是對她慢慢友善起來。在深一層認識彼此以後，顧爺爺發覺這個孫女雖然中學都沒唸完，但能幹程度無人能及，為了這個家更是做出了巨大的犧牲。釋懷則查知爺爺在嚴肅的神情底下，其實有一顆求知欲很強並充滿童真的心。

爺孫倆一開始尷尬的對話，漸漸地演變成了海闊天空的暢談。

顧奶奶則自從「黑松露」事件之後，對待釋懷的態度也似乎好轉很多。

或許因為江釋懷先盡釋前嫌，特意到警察局去保釋她，她才會因而打從心裡感激這個孫女；更或許她目睹著江釋懷為了這個家，為了餐廳日夜不停地工作，她才會因而打從心裡疼惜釋懷。

但一切都只是釋懷一廂情願的認為。她知道奶奶心裡還是只有弟弟這個男孫。

~ ✳ ~

非凡不久後就要開學了。忙著戀愛的他聲稱希望在這期間多陪陪姿姿，所以經常往「食一」跑。其實上了大學之後，非凡就離「食一」更近了，想見姿姿只需走個十分鐘就到了，不像現在，必須騎單車才到得了。但戀愛中的男女不都是這樣嗎？天天都必須膩在一起。一直以來換女友像換衣服一樣的非凡這回能對一段感情堅持那麼久，可以算是一種奇蹟了。

姿姿早就知道非凡和 *Sauver*® 有關係。當時非凡在姿姿家過夜，卻被釋懷催著製作宣傳海報，上廁所時筆記型電腦沒關，就被姿姿發現了。她非但沒有因為非凡當初假冒市場調查人員而責備他，反而覺得一個男生願意為了接近一個女生，如此大費周章，是一件很令人感動的事。

但關於非凡家裡的事，姿姿也是最近才知道的。非凡也不笨，只告訴姿姿一部份實情，如爸爸患有精神分裂症，媽媽則患有緘默症。

「整天賴在田家，不如就乾脆改姓田好了，反正你都改那麼多次姓氏了。」釋懷酸溜溜地諷刺非凡。

「我賴在田家，是為了修復田爸爸和姿姿的父女關係。田爸爸已經被我這三寸不爛之舌說服，答應姿姿暑假一開始就可以正式進入廚房掌廚。姿姿不知道有多開心。」

「好呀，任務完成，可以回來了嗎？」釋懷冷冷地問。

「你情願我待在田家，還是我把姿姿帶來？」非凡秒回。

也對。姿姿待在我們這，遲早會認出爺爺奶奶的。別忘了爺爺奶奶曾經每晚在「食一」後門等姿姿派發餐盒給他們。他們可是認識的。要是爺爺奶奶「食荒人」的身份洩露，那麼要把被丟棄的食物和*Sauver*® 聯想在一起，一點也不難。到時我們將食物再循環的事情不就穿幫了？

釋懷想到這裡，不免佩服起弟弟來，這小子連這個都設想得那麼周到！

實際上，釋懷高估了非凡。弟弟其實並不曉得姿姿認識爺爺奶奶。他只知道爺爺奶奶要是見到唯一的男孫交了一個比他大一歲，頭頂綠髮、身有刺青的女朋友，一定覺得配不上，一定會極力反對的。兩個老人要是掀起驚濤駭浪，自己這個青少年一定招架不住。更糟的是，說不定還會引起家變。不如保持現狀就好，低調就好。

於是，非凡只安排姿姿和江素娘與釋懷有過一面之緣。當時晚上十點鐘，餐館接近打烊時間，母親和姊姊才騰得出時間與姿姿打招呼。晚上十點也是爺爺奶奶帶著父親出外「散步」的時段，姿姿因此碰不著兩老和顧浩天。

「我待在那裡也不是無所事事，通過在『食一』裡打雜，我對餐飲業有了更深一層的瞭解。我，顧非凡，很高興地宣告天下，我剛又想到了宣傳 *Sauver*® 的新點子！」非凡一副自以為是的樣子，很欠扁。

「有空到人家餐館裡幫忙，又不見得你在我這裡動過一根手指頭。」釋懷毫無表情地望了弟弟一眼，冰冷的語氣令非凡忍不住打了一個哆嗦。

「我難道不想嗎？但你覺得你們會讓我做嗎？」非凡腦筋轉得快，不甘示弱地回敬姊姊。

也沒錯，顧非凡有時在家裡感覺比父親更像一個殘疾人士。吃飯時有人盛飯、夾菜、洗碗；打完球有人幫忙洗球衣、球鞋；洗澡時毛巾已經預備好；睡覺前空調也已經打開，並調到最舒適的溫度。

這一切都是出自於疼惜與好意，卻對非凡來說，更像一種禁錮，更覺得自己像一隻籠中鳥，不像在田家，凡事都得自己來，無人伺候，如此自由。

～✳～

Sauver®這幾個月來收入很高，非凡昂貴的學費突然不成問題了，甚至連住宿也都是租金較高，週末還有阿姨代為打掃跟洗衣的單人房。和顧奶奶一樣，江素娘表示自己捨不得非凡跟別的孩子同房，怕萬一和對方合不來或被教壞，導致學業成績大受影響，那就不好了。

「其實你做過的壞事那麼多，人又狡猾得很，教壞別人的可能性比較高。」江釋懷對弟弟說。弟弟也驕傲地點點頭，表示完全同意，並舉起雙手假裝在捧一座冠軍獎盃。

非凡自小在馮大媽的屋簷下，觀看她、聽聞她如何應付並說服難搞的顧客，早已養成高情商，他最懂得在什麼時候說適當的話，從不失禮。再說，他的性格也比較溫和，能屈能伸，在任何場合都如魚得水。

不像江釋懷，除了工作以外，對誰都喜歡硬碰硬。或許是因為她太好強吧，認為硬碰硬若能將對方撞出一個凹陷，就表示自己勝出。如果能讓對方屈服，那自己再疼再痛也沒有關係。

可是「勝利」的滋味，江釋懷似乎長那麼大都沒有嚐過。當自己當年的同班同學如今都擁有了「勝利的組合」：事業成功和家庭美滿之時，自己擁有的卻都只是一些撿回來的，別人用剩的、破碎的東西。

事業？*Sauver*®沒錯是辦得很成功，業績好得不得了，但她怎麼一點當老闆的感覺也沒有？當老闆的有哪一個像她這麼辛苦的？沒錯老闆也是要幹活的，別的時尚餐廳的老闆都會在餐期穿著光鮮，拎著一杯酒在餐桌間穿梭，與客人們打好關係。有幾個像她這種，從凌晨忙到午夜過後，雙腿時刻都在垂直地站著，而雙手時刻都浸泡在食物的汁水裡的？又有幾個像她一樣只領基本薪金？

~✳~

「顧家唯一的孫子，當然是唸鹿阱最好的學校，住最好的住宿。」連顧老先生也加入表決。平時很少公開誇獎任何人的老古董，這回居然說出「非凡太聰明了，不給他最好的，就太暴殄天物了」這一席話。

暴殄天物？你以為你現在在撿食材啊？

釋懷想，但沒有說出口。不知是年齡的關係，還是已經習慣了兩個老人的思想老派，這陣子的釋懷已學會管住自己的嘴巴，有什麼不滿，先在腦海裡罵一遍，然後嘴邊一個冷笑，把負面情緒給發泄掉。

不過，釋懷打從心裡還是不免有些妒忌。遊手好閒的弟弟很快就成為大學生，自己則連中學都沒唸完。其實這整件事，整個家，按照常理應該是她說了算。房子在她名下，她也

是 *Sauver®* 的唯一董事，她江釋懷若今天決定放下撐起整個 *Sauver®* 的重擔，回去唸書，論誰也不敢吭一聲。

要是她離開了，誰來接聽預約電話？兩個老人連餐廳名稱都不會唸，父親瘋了，母親是啞巴，非凡要上學。

但其實只要有足夠的訓練，接收預約電話和電郵，是連以時薪兼職的小唯都勝任得來的。

要是她離開了，誰來為顧客結帳？除了她和非凡，其他的人都不擅長使用電腦化的收銀檯。

但其實，客人們在訂位時已經通過網站付帳，店裡唯一需要使用收銀檯的時間，是當顧客希望打賞小費時。這些小費絕大部份是給釋懷的，小唯每次來上班也會收到一些。

要是她離開了，誰來招待客人？她堅信，*Sauver®* 這家餐廳之所以門庭若市，除了料理之美味和主題之獨特，很大部份都與釋懷貼心的服務有關。她記得每一位來過的客人的職業、喜好，還有對什麼食物過敏。有食評稱讚 *Sauver®*，說這家概念獨特、餐點可口的餐廳最可取之處，在於優質的服務。

但其實大家都是貪新鮮而來的，人群遲早會散去。

還有，還有，要是她離開了，誰來照顧媽媽？

萬一顧家三個人聯合起來打壓媽媽怎麼辦？顧非凡這小子到時已經不住在家裡，怎麼及時回來搭救連撥打求救電話都沒辦法，連呼救聲都發不出的媽媽？

誰知道顧浩天是不是真瘋？

誰知道他們三個那晚來到「馮大媽」麵館投靠媽媽，是不是一個策劃已久的陰謀？你知道的，有些人要做壞事的時候是可以很有耐心的。

江釋懷並沒有發現，對於母親的依賴，才是她離不開的真正原因。

~✳~

釋懷自出世以來，就沒有離開母親超過二十四小時。她連小時候露營、參加朋友的睡衣派對時都偷偷搭車回家看媽媽，只因為她放不下心，總擔心會出事。爸爸不在的時候，釋懷不放心；爸爸在的時候，釋懷更不放心。

她並不曉得，這是一種不健康的情懷。她依賴的是母親對自己的依賴，覺得這就是「江釋懷」生來的使命：照顧江素娘，捍衛江素娘。

儘管她從沒問過媽媽，她是否真的需要女兒時刻陪在身旁？

~✳~

江素娘今晚又打敗了自己！能在短短的幾小時端出十四份「品嚐菜單」裡的十四道菜：

前菜：日式鮮海膽蒸蛋
前菜：龍蝦芝士流心撻
魚類：牛油煎野生鱸魚
濃湯：蔬菜烤番茄濃湯
米飯：台灣米酒蛤蜊飯
點心：和牛沙葛肉湯包
點心：梅子醋和牛餃子
蔬菜：蘋果醋雞肉沙拉
飛禽：橘皮鵝油封鴨肉
紅肉：白蘿蔔燉野豬肉
紅肉：午餐肉迷你漢堡
甜點：巧克力熔岩蛋糕
甜點：鹹咖啡脆皮鮮奶
水果：奶沫韓國凍草莓

這當中，最名貴的海膽，是一位常客送的。他出海時捉了好多隻，在船上吃不完，擔心帶回家會白白浪費，一想到 *Sauver*® 主張賦予食物第二生命，一下船便興致勃勃地拿了剩餘的二十三顆來餐廳送給江素娘。釋懷很清楚箱子裡究竟有幾顆，因為負責撬開海膽殼這件事的人，除了她，還會有誰？

這位客氣的常客除了海膽，還不時帶來新鮮的帶子和鮑魚，但今天江素娘因為已經策劃好餐點，也只能將海膽用在蒸蛋上，取代原本的魚卵。海膽味道腥，用在其他菜只會宣兵奪主。原本要使用的魚卵和海膽的「海洋味」接近，這個新組合感覺不會有太多的違和感。

鮑魚和帶子也一樣很名貴，江素娘自覺受不起，有些小擔心。釋懷突然想起馮大媽生前每逢夏天都會在戶外用餐時使用一張摺疊式桌子，便將它搬下樓，鋪上漂亮的桌布，隔天為這位熟客先生增設了兩個位子，並為他們夫妻倆打了八折。

Sauver® 天天都爆滿，一餐難求。對於這對不懂得烹煮鮑魚和帶子的常客先生與太太來說，還能夠在這個客滿的晚上，品嚐到江素娘專以自己捕獲的海產設計的餐點，何等幸福。別說打八折，就算要他付全額他們也願意。

釋懷也很識相地將這兩天的菜單都列印上了捐贈者的名字，令這位老先生很開心，殊不知她無心插柳柳成蔭。其他客人在看到菜單上的名字後，也紛紛開始效仿。出海釣魚的顧客會拎著大大小小的魚，還有貝殼類海產前來獻殷勤；捕獵的也會帶來兔子、野豬等；家中有果園的，也會在果實成熟時，送給 *Sauver*® 一籃籃的新鮮水果。折扣，這些顧客才不稀罕，他們貪的，是自己名字被印在菜單上，還有坐在「特別座位」的機會。炫耀，才是他們捐贈食物的真正原因。

菜單也不過是一張張列印上幾行字的厚紙張，多一兩行字實在沒花掉釋懷多少功夫；「特別座位」只不過是一張鋼鋁製造的野餐桌子，也沒有多尊貴。但對感官已經飽和、心靈已經麻木的有錢客人們來說，能賦予食物第二生命是一種慈善，而慈善是一種新世代的榮耀。於是從那個時候開始，*Sauver*® 又多了一個食材的來源：愛吃的顧客本身。

~ ☀ ~

江釋懷放眼看去，十四位客人一個個臉上洋溢著滿足的笑容，也包括了再度光顧的鄭毅學長和他的未婚妻。學長這回沒有跟釋懷說話，只對她露出了一個很不自然的笑容，他的未婚妻則大方地點了點頭。

釋懷不免感到有些失落。學長的出現，原本是她今晚努力幹活的推動力。可惜學長完全一副不搭理她的樣子，令釋懷大失所望。儘管如此，釋懷還是努力地、很專業地向鄭毅與未婚妻介紹餐點、端菜、倒水。貼心的兼職小伙子小唯似乎看出了個什麼端倪，向她提議接替她服侍這一桌客人的工作，卻被釋懷推辭了。

人家越是不把你當一回事，你就越不能不尊重自己。即使自己只是一個侍應生，也應當當一個稱職的侍應生。

釋懷安慰自己。人類安慰自己的本能，就是當對某一件事情灰心時，會將念頭往另一件事情或另一個人的身上想。這世上最能令她心安的人，就是母親了。她回過頭看看廚房裡的母親，依舊一臉微笑。釋懷的胸口那一陣鬱悶，也突然稍微沒那麼嚴重了。

釋懷伸手重新綁了一個馬尾，再整理了一下劉海，深呼吸後，正準備「重返戰場」之時，卻聽見有人輕聲地喊她：「釋懷！你看！」原來是站在後門，準備出外拾荒的顧老先生指了指今晚的明月，要她看一下。四目交集時，爺爺笑了。釋懷禮貌地回了爺爺的笑，心情居然因為自己送出的微笑，也跟著好轉一些。

這時，樓上傳出奶奶愉快地與父親交談時所發出的笑聲。釋懷受到感染，微微地笑了。

還有一個人不在家，那就是非凡。不過他也無需掛念，想必這小子此刻正在逍遙快活，臉上必定是掛著微笑的。想到這裡，釋懷又笑了。

笑，不就表示大家很快樂嗎？人類畢生的快樂不外就是為別人付出後，看到對方快樂的那種成就感嗎？如果是這樣，那江釋懷便辦到了，而且很成功。她讓身旁每個她在乎的人都快樂了。

若是如此，那一切很好。真的很好。

只不過，今天十月十九日，是她江釋懷二十七歲生日，可惜所有的人都忘了。唯一的慶祝會，就是捲一根馮大媽的菸，用力地將菸吹熄。

「生日快樂，江釋懷。」她對自己說。

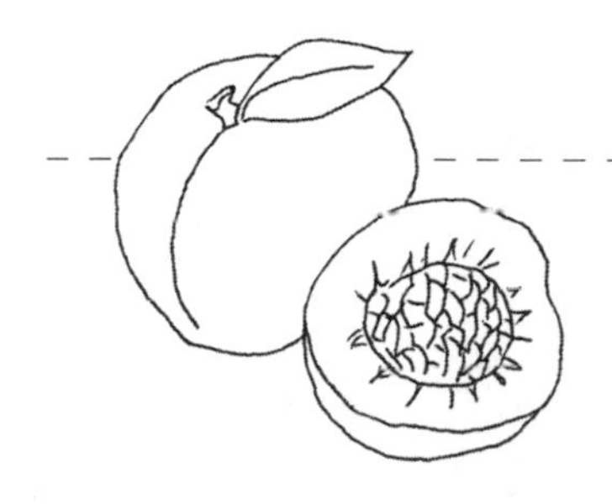

深不可測的低谷

江素娘是一個身材非常瘦弱的女子。釋懷清楚記得，自己八九歲的時候就已經超越了母親的高度和體重。一般女子上了年紀就會發胖，母親也都四十好幾，卻越來越消瘦，大概是跟這些年在廚房裡勞碌個不停有關。

也因為如此，母親很容易病倒。一旦生病，*Sauver*®就被迫暫停營業，但沒有人願意取消訂位，只接受改期，也就因為這樣，*Sauver*®的餐廳訂位已經排了明年六月份。原本還想施行每週一休息的計畫看起來遙遙無期。

這個餐廳的蔬果供應商沒了可以再找，再循環的食材沒了可以用錢買，侍應生沒了可以再請，但廚師沒了，*Sauver*®也就跟著沒了。釋懷擔心餐廳過於依賴母親，屢次向她提出要求，允許她聘請多一位廚師，多少能幫忙減輕一點母親的工作量。然而母親總不以為然，說沒有必要給餐廳帶來不必要的花費，一笑置之。

「不如就收個徒弟吧！」釋懷提議。「我們過去幾個月，每個月平均有將近六位數的收入，請個便宜一點的學徒或副廚不過份吧！」

釋懷是這家餐廳唯一的合法註冊人，其實擁有絕對的執行權。然而她深知熱愛烹飪的人、熱愛料理的人，是母親，不是自己。母親的手藝應該傳授給誰，該由母親決定。

但這並沒有阻止江釋懷萌生將*Sauver*®出租或轉讓的念頭。

餐廳好不容易才上軌道，母親三人終於嚐到成功的滋味，全家人好不容易才團聚、圓滿，為什麼不繼續做下去，為什麼要賣呢？

首要原因，便是母親的健康。其實餐館因江素娘生病停止營業是次要，釋懷因為聽說田姿姿母親的事，更擔心的是母親也會操勞過度倒下。雖然過去一年裡她變開朗不少，但人也明顯衰老很多。一年就瘦得剩下個三十五公斤，兩年、三年還得了？

再來，是一個很自私的理由。*Sauver*®一天存在著，母親就一天必須繼續掌廚，爺爺奶奶就必須繼續拾荒，還有她，江釋懷，也將必須永遠地為食客端盤子，永遠地掌管、打理這家餐廳。離不開，走不出去，擁有不了自己想要的生活。換句話說，*Sauver*®綁架了她：江釋懷的一生。

她這一個當年才剛進入發育期，還未懂事就必須開始學會照顧別人的小女生；她這一個已經到了應該擁有自己的事業和家庭，卻已經花了半輩子在成全別人的幸福的小女生，上天還希望她再犧牲多少、再偉大多少？

江釋懷，那麼你究竟想要什麼樣的生活？

可是每當她這麼問自己時，她也答不上來。因為真真切切地，她不知道，因為她從來就不知道母親和弟弟以外的生活是怎麼樣的一種生活？她不知道，因為她從來就沒有選擇過，也沒有選擇權。想到這裡，釋懷的心情就降到了谷底。

~ ✳ ~

母親今天晚上的心情異常地好，父親也是。這是一個安詳的午夜，風涼涼的，甜甜的。爺爺奶奶撿到了一些好東西，也很有默契地、很快地就分類好。處理好食材後，兩老就回房裡看電視去了。留下父母親兩人坐在廚房角落的兩把椅子上，握著對方的手，凝視著彼此，什麼都沒說，就只是笑。父親看不太懂母親的手語，母親則不理解父親腦子裡究竟在想什麼，兩人就通過最表層的表情、動作來確定對方是真誠的。沒有一絲猜疑，沒有一絲嫌棄。就像嬰兒一樣，餓了就哭，飽了就笑。食物就是食物，填飽肚子就不難受了，管它有沒有營養。這就是最原始的慾望。

把餐廳打掃完畢的釋懷看在眼裡，心裡無比清楚，母親過去幾個月的快樂，大部份是來自於父親給予她的關注。在江素娘眼裡，顧浩天是工程師也好，是個精神分裂病患也好，無所謂，只要他還在她的眼前，只要他還記得如何愛她，那樣就夠了。她不在乎對方是什麼身份、什麼外觀、什麼精神狀況。

在江素娘心裡，丈夫病得自殘，卻依然認得這當年結髮的妻子。她認為這就是最純粹的愛情，因而感動不已。

江釋懷想到這裡，心裡酸酸的。她才不要這樣委曲求全的愛情。她要的是一個有能力照顧自己，陪自己去創造未來的男人，就像鄭毅學長這種人才一樣。釋懷確定自己絕不要在殘缺不全裡挖掘美麗，創造美麗。說難聽點，她不要是個在愛情裡撿破爛的女人，她不要到現在有條件選擇了，卻還依然是個「食荒人」。「寧缺勿濫。」她對自己說。

但說歸說，江釋懷，你又好到哪裡去。媽媽至少還有一個瘋子老公，非凡有個田姿姿，奶奶有個爺爺。你呢，哼，連個男性朋友都沒有。

江釋懷從餐館大門的玻璃注視著自己的投影。或許她就是註定這樣，終生一個人了。

「碰！」廚房傳來一聲巨響，接著就傳來父親歇斯底里的叫聲：「素娘！素娘！」喊著喊著便衝出屋外，不知去向。

~※~

釋懷衝進廚房。只見母親躺在地板上一堆嘔吐物中，兩眼發直，不停地抽搐，口水和眼淚流了一臉都是。

「非凡！非凡！快叫救護車！」釋懷死命地叫。

但顧非凡一直沒回答，死小孩，一定又是到田姿姿那裡過夜去了。

靠別人還不如靠自己！

釋懷跑到後院，才發現橘色小貨車也不見了，被該死的非凡擅自開走了。這下子真的必須叫救護車了。釋懷做了一個深呼吸，再快步走到餐廳櫃檯。

才剛拿起電話，就見父親從外頭回來，從她身旁跑過去，用肩膀把門撞開。他手上抱著不省人事的母親，往餐廳後院跑去。

「爸！爸！你去哪裡？你帶媽去哪裡？」釋懷追出去，手裡還拉著電話的話筒。整個電話被她扯了下來。釋懷回頭望了一下電話，又看了赤著腳奔跑的父親，遲疑了一下。

都什麼年代了，我怎麼還允許餐廳使用這種古董帶線電話？我怎麼居然還鼓勵父親將它修好？

江釋懷生起自己的氣來。

現在是怎樣？是該打電話叫救護車，還是去追父親？

都說了這家人的一大性格優點，便是在任何令人慌張的情況下都不會亂了陣腳。釋懷當下，決定叫救護車更緊要，因為離救護車抵達的時間至少有十幾分鐘，可以用來追父親，於是蹲下身把電話撿起來。她才站起來，就又看到父親推著平時拾荒時用的手推車跑了出去。推車裡裝的正是還在抽搐的母親。場面混亂，釋懷又再次感覺到自己分身乏術。

「喂？喂？是！您好，我需要一部救護車！」釋懷一秒對著話筒，一秒嚷嚷著：「爸！爸！不可以！放下媽媽！」顧浩天跑得好快，很快就要消失在黑暗中。偏偏釋懷又被這台電話拖累著，很快地，我們平日還算冷靜的江釋懷，終於快急瘋了。

「病人？病人是我母親，她……」釋懷的手開始顫抖，腦袋終於呈現一片混亂。母親需要急救，需要救護車，如果父親把她帶到大家都找不到的地方，就會延遲治療，那，那媽媽就沒有了。

「我們來。你去追你爸。」一把低沉沙啞，但鎮定的聲音從釋懷身後傳來，佈滿老繭的手接過話筒。顧爺爺他們被釋懷吵醒了，下來看個究竟。

「謝謝您們，爺爺！奶奶！」釋懷脫口而出。這是她頭一回恭敬地稱呼兩個老人家。顧老先生有些錯愕，愣了一下。不，救人要緊，他們負責指引救護車，釋懷去追顧浩天。

~✻~

江素娘緊急入院，卻一直查不出病因。除了輸氧和吊點滴，診斷工作還得一步一步來，醫生說，急不來的。

躺在病床上的不是你的媽媽，你當然不急！

釋懷心裡想著，但她咬著下唇防止難聽的話脫口而出。母親教過，說話不能太沖動，自己當下的感受不一定總是需要對方知道。即使對方有必要知道，自己也有義務先把話組織一遍，把情緒減到最低，才更容易達到溝通的效果。

這點，釋懷也同意的，因為少女時期的她就經常因為管不住嘴巴，而遭到馮大媽的嚴厲譴責。她還記得，正因如此，她也有一陣子模仿母親，故意一聲也不吭，當作抗議。可是要她一整天不說話太難受了，一個星期後便放棄了。

母親教誨：「對人尊重，才是對自己最大的尊重。」

可是這種情況下，真的很難不出言不遜。醫生說：「病人瞳孔放大、意識喪失、呼吸困難、體溫升高。」母親的臨床診斷情況聽起來那麼糟糕，熬得過這一系列慢條斯理的測試嗎？

醫生問：「病人平時身體的狀況怎麼樣？有沒有投訴過哪裡不舒服？她小時候有沒有痙攣的事故？有沒有這方面的家族歷史？」

釋懷搖搖頭，據她所知，沒有。但其實也沒有人知道。江素娘從踏出家鄉的那一步開始，就和她的過去一刀兩斷。故時的親人、朋友、同學，一個都沒聯絡。釋懷現在才發現，母親一直都是這麼孤零零的，好可憐。

江素娘突然倒臥在地，大家的第一反應便是以為她心臟病爆發，或者中風了。可是醫生給病人做了各種掃描，推翻了大家的懷疑。院方排除了心臟病、中風或神經系統方面的問題。因為體溫升高，醫生頗為肯定江素娘的身體一定是被什麼外來的物體感染，或者侵襲了。

但他也說：「由於體溫並無超過四十度，不足以造成痙攣，因此痙攣和高燒是兩種不相關，但出自同一個病因的症狀。也就是說，她全身抽搐，並不是身體的體溫過高導致的。」

釋懷聽得滿頭霧水，唯有拜託醫生儘量讓母親好起來。

過了二十四小時，醫生告訴釋懷：「病人在用藥以後依然高燒不退，沒有恢復意識。這表示點滴中的抗生素和消炎藥不能改善她的病情。然而這也算是個好消息。」

抗生素和消炎藥無效怎麼會是好消息？這個醫生的醫術到底行不行的？

釋懷心裡七上八下的，但依然抿著嘴什麼也沒說。

醫生繼續解釋：「因為這就代表造成你母親昏迷的，不是身體器官問題，不是過敏，也不是細菌或感染。排除了種種病因，目前最大的可能性，就是她中毒了。我們會抽取她胃中容物，還有血液做化驗。」

~✳~

中毒！

聽了醫生的話，江釋懷的第一個念頭就是：「原來爸說的全都是事實！真的有人想謀害我們一家人！要對付我爸最好的手段就是傷害媽媽！」

不！這太荒謬了。顧浩天的大腦生病了，難不成江釋懷你也是？

更或者，想毒死媽媽的，是爸爸？還是顧老頭、老太？但不符合邏輯呀，媽出事了對他們三人也沒好處呀！

釋懷努力將自己的呼吸頻率放慢，好讓自己鎮定下來。她深知自己大腦只有在不慌張的情況下才可能正常地運作，所以她必須趕緊從慌亂的情緒中抽離，必須進行冥想。這是店裡的侍應生小唯教的。他就是憑冥想，熬過被分手後最難受的那幾天的。

釋懷先將視線鎖死在母親病床床單上的一道摺痕，然後允許自己的思緒漫遊到自己每個中午熨燙桌布的畫面。那股熨斗一經過後，水氣和洗潔劑香味分子集體升起，然後鑽進手肘和臉頰毛孔的黏答答感覺，還有燙衣板旁邊一面鏡子因蒸汽起霧的一幕。畫面一下子被拉到了鏡子裡看到的自己。

現實生活當中，我是一個理智、相信科學原理的現代女性。我爸看到的、聽到的都是幻覺，不是真的，我媽不是被謀害的。她一定是不小心接觸到什麼東西才會中毒的，畢竟外頭撿回來的東西，誰也不能確保百分百安全⋯⋯

突然，對於醫生的結論，自己也不覺得驚訝了。之前沒有想到的，聽醫生一說，一切都馬上很瞭然。

~*~

「百滅寧。醫生，我覺得我媽可能中了百滅寧或者殺蟲劑的毒。如果有解藥的話，可以試試。」釋懷告訴醫生。

「你怎麼知道？」醫生的神情有些奇怪。

不會以為是我江釋懷下的毒手吧。

釋懷不理會自己內心亂七八糟的想法，繼續說：「小狗。我們家有養小狗，百滅寧是寵物洗髮精的成份。媽媽可能不小心接觸到。」

其實釋懷之所以知道「百滅寧」這種化學藥物，是因為她翻查過。*Sauver*® 之前的垃圾桶也有蒼蠅蛆蟲的問題，小小的白色蟲子讓負責丟垃圾的釋懷每看一眼就想嘔吐一次，巴不得一次過把它們統統消滅掉。因此她閱覽了不少滅蟲的資料，噴百滅寧殺蟲劑是滅蟲的其中一個最有效的方法，而寵物洗髮精一般含有高成份的百滅寧，才能將寵物毛髮裡的蝨子殺死。

不過最後她因為想起地方政府下的條規，在食物附近使用百滅寧殺蟲劑是違法的，就乾脆天天用一壺煮沸的水，把垃圾桶裡蒼蠅的幾百個子子孫孫從外面的皮肉到裡面的腸子都統統燙熟。

釋懷知道的，醫生沒有必要知道釋懷家裡根本沒有養狗，也無須知道江素娘吃了什麼。他只需知道他可以從百滅寧這個角度去思考解毒的辦法就夠了。

原來出事的晚上，顧浩天送了妻子一顆從美國餐廳「69號公路」的後巷撿到的完美無瑕的桃子。兩個鐘頭後，母親便陷入昏迷。

~⁂~

爺爺、奶奶和爸爸幾乎每個晚上都會散步到鹿阱市的美食街，撿別的餐廳丟棄的食物回來給媳婦使用。他們口頭上說是為了減輕餐館的開銷，然而大家都知道，「食荒人」越來越多了，爺爺奶奶他們拾荒撿回來的生食也已經越來越少，到近期其實只佔了每晚使用的食材的百分之二十，對於節約開支並沒有太大的貢獻。拾荒的主要原因，是因為「尋寶遊戲」是顧浩天最喜歡做的事，他喜歡從被丟棄的東西當中，搜尋可以送給妻子的寶藏。

也就是說，要是父親沒有把桃子撿回家給母親吃，母親大概不會變成這個樣子！

然而再氣憤，釋懷也明白這並不完全是爺爺、奶奶或者父親的錯，不能完全怪罪於他們。要怪，就只能怪那一家到了這個年頭，還在違法使用含有高濃度百滅寧的殺蟲劑的餐廳。

鹿阱市政府在多年前便施行了一道嚴格的法令：餐飲業者必須以正確的方式處理垃圾。不能吃的殘羹、廚餘，必須緊緊地包好，以免垃圾車清晨帶走之前引來害蟲肆虐；能吃的餐點，必須裝盒，限時送出；能用的食材，如肉塊、海鮮都必須用冰塊冷藏，限時送走，否則就必須歸入廚餘行列，緊緊包好，等隔天垃圾車清除。

為了鼓勵餐館減少資源浪費，也為了減輕窮人給鹿阱市地方政府帶來的經濟負擔，同時讓貧苦人家個個都有溫飽，餐廳可以點算打烊後送出的食物的面值，向地方政府索取稅務回扣，當然這些高級餐廳的官方說詞始終都是「環保」、「降低碳排放」這一套。但這麼做是有一定風險的，一些「一不小心」，毫無戒心的「食荒人」或流浪的貓狗隨時都有可能會因吃到不衛生或含有危害身體的物質的食物而生病，甚至死亡。因此，地方政府全面禁止餐廳業者使用任何一種危害人類和動物健康的毒藥。

顧爺爺奶奶他們原先是在「食一」那裡拾荒的，幾個月都未出過什麼事。但經「黑松露事件」過後，他們不好意思重返，只好轉移陣地到另一區多家餐廳聚集的美食街撿食材。

新地方有許多來自其他國家的嶄新餐館，很有可能對於鹿阱市政府設下的條列還不習慣，更或者決定置之不理，因此依然按照他們原本的方式處理殘羹，包括在垃圾桶內，甚至在丟棄的食物上噴灑含有高濃度百滅寧的殺蟲劑。

「69 號公路」餐館的廚師大概發現那天晚上用來製造素食冰淇淋的桃子裡藏有果蠅幼蟲，為了防止蟲患，大概在那箱含有爛掉的水果的桃子上灑了大量的百滅寧。然而他們卻忘了將毒桃子歸納成「廚餘」。因此顧浩天撿到的那些完美無缺的桃子上，也大概沾上了不少百滅寧。

還好沒來得及做成料理給 *Sauver*® 的客人吃，不然不知道要害死多少人。

釋懷想到這裡，竟然感覺鬆了一口氣。但回過神卻對於自己此時此刻還在想顧客的事，有些輕蔑自己。

江釋懷，你想錢想瘋了。

雖然如此，釋懷清楚得很，這叫「良知」。開餐廳就必須對自己的顧客的健康負責任。

負責任的話，就不會餵他們吃別人丟掉的食物。

釋懷彷彿聽得見自己右邊的大腦說道。

浪費食物是一種罪孽，我們在幫別人減輕罪惡感，如何是一件壞事？

左邊大腦辯解著。

不去撿別人扔掉的食物，不就沒有人受傷嗎？

右腦說。

看一眼病床上的母親，釋懷簡直後悔極了。

這是意外。

左腦說。

當初要是她有極力反對母親聽取爺爺奶奶的建議，循環使用這些被丟棄的食材，母親就不會因此中毒；

當初要是她有極力反對顧老先生老太帶著顧浩天去拾荒，

誰也就都不必冒著食物中毒的險來「食荒」；

當初要是她有極力反對母親收留父親和爺爺奶奶，釋懷和媽媽就可以帶著非凡遠走高飛，而不是留下來開*Sauver*®。

沒有*Sauver*®的話，就沒有那麼大的開銷。

沒有那麼大的開銷，就不必去拾荒，就不會撿回來一個有毒的桃子。

沒有這一個有毒的桃子，母親就不會躺在醫院裡昏迷不醒。

這一切不都是為了讓母親幸福？既然如此，為何昏迷的是母親？是我江釋懷沒有勇氣發聲嗎？還是沒有勇氣做決定？餐館是我的，我有絕對的決定權，說了算。可為何搞到最後我連表決權都沒有？

唯一一件讓釋懷很肯定的事，就是她一直以來都太被動、太懦弱了。釋懷今天才看到自己這個人的存在，原來是一種悲哀……

所幸醫生打斷了她雜七雜八的思緒。

「江小姐，我查過了資料，百滅寧無色無味，容易被誤食，進入身體後會影響神經及大腦的功能，短時間內高濃度的百滅寧可能會導致頭暈、頭痛、噁心、抽搐、降低活力或意識喪失等，一般是在兒童與寵物的影響較大。」醫生說。

「不過，因為你母親的體重太輕了，所以病症會比一般成年人來得嚴重。」醫生繼續說。

完全符合，在釋懷預料之中。她點點頭，表示知悉，接著安靜地走出病房，讓醫生和護士完成工作。她找到了一個清潔工人專用的儲藏室，見周圍沒有人留意她，偷偷鑽了進去。

小房間的兩側放置著高高的鐵架子，上頭都是清潔用品。釋懷抱著膝蓋蹲在房間中間唯一空出來的落腳點裡。她關上門，讓自己處在一片黑暗之中。她讓自己產生錯覺，感覺釘死在牆壁的鐵架子正在越長越高，而自己則越陷越深。此刻的江釋懷，正處在一個深不可測的低谷裡，希望被水泥地給吞噬進去。

反正沒有人認得她，沒有人知道她在這裡，沒有人能夠拯救她，也沒有人在乎她。

屏住呼吸許久的江釋懷，終於可以哭出聲來了。

~❋~

江釋懷允許擔憂、疲勞、委屈、憤怒和悔意將自己吞沒了之後，突然又感覺被水泥地給嘔吐了出來。她用雙手抹去眼淚，擦在衣服上，順便將衣服整理了一下，然後走出儲藏室。等到她回到候診室，坐在冰冷且硬邦邦的塑膠椅子上時，湧上心頭的居然是一股好奇怪的感覺。剛才那股強烈的心痛，意外地令她全身筋骨如釋重負般，終於鬆懈了下來。堅強了好久，真的不想再撐了。釋懷居然開始有些享受這種難得的，往痛苦裡沉溺的絕望感。

「故事懷！」一把熟悉的聲音從走廊另一端傳來，嗓子還是那麼有磁性，人還是那麼帥。是鄭毅學長！江釋懷差點就忘了他在鹿阱醫院緊急部門當值班醫生。

糟了！來醫院兩天沒回家，衣服沒換，頭髮沒梳，牙也沒刷！釋懷只夠時間檢查臉頰是否擦乾了沒，才剛把頭髮弄整齊，對方就已經來到自己面前了。

「嗨！幾個月沒見。你好嗎？」鄭毅一開始好像沒發現釋懷有什麼異樣，雙手交叉在胸前，兩腳站得開開的。人長得高就會想要顯得矮一點，殊不知這樣對坐著看他的人一點幫助也沒有，脖子同樣很酸。

每個人心裡總有一塊柔軟得不得碰觸的地方，只屬於一個人。釋懷此時見到了這個人，敏感神經就被觸碰到了。只見她眼睛又紅了，低下頭坦言：「我不好。」

「不好？嘿……咻咻咻，快說，你怎麼了？」鄭毅側過身，口氣從豪爽轉換成溫柔，手輕輕地撫摸著釋懷的背，轉個身在她身旁的椅子坐下，露出一臉關心的樣子。

「我媽中毒了，在加護病房。」釋懷回答。

「什麼？喔！對不起！對不起！」學長突然猛然從位子上「彈」了起來，連聲道著歉。釋懷還未搞清楚學長為何會做出這個舉動，就聽見他說：「你弟給我電話，說你不久會來找我。我就以為你今天過來是……」鄭毅一臉抱歉。「對不起，我真的搞錯了。」

「我媽前晚突然倒下，剛剛才診斷出是什麼造成的。」釋懷實在沒有太多力氣去理會非凡幹了什麼好事。她也不想再向學長解釋些什麼，就說：「你的同事已經在盡力了。」

誰知學長沒有停下的意思，想進病房去看個究竟，還說要是同事知道病人是自己人，手腳可能會加快一點。

「別……」釋懷伸出手想阻攔鄭毅。學長和自己非親非故，釋懷真的不想亂套關係，卻意外摸到了學長的胸膛。鄭毅頓時愣住了，看看自己胸前釋懷的手，再看看釋懷，眼神頓時又變得好溫柔。他止住了腳步，將釋懷還按在他胸口的手緊緊地握在他的大手裡，捏了一下，微笑地說：「我馬上回來。」

~ ✳ ~

院方坦言除了給江素娘注射減輕病症的藥物，實在無法再為病人做什麼。過不過得了這一關，得要看病人本身是否能在器官衰竭前，把毒素給排出身體。接下來幾天江釋懷除了等，什麼也不能做，也不想做。

非凡去給客人們打電話取消訂位和退款，爺爺奶奶則到醫院的另一端去照顧同時入院治療的父親。此刻釋懷只想靜靜地，悄悄地等母親醒過來，不管那需要多長的一段時間。

江素娘是釋懷的一切，和她一起竭力照顧好其他的人。就當這些「其他的人」現在是來償還欠江素娘和江釋懷的人情的，暫且學會照顧一下自己，也不算太過份吧！

她有些好奇非凡是否成功聯絡上所有訂位的客人，然而她更想知道的是，父親是不是又病情復發了？只是好奇歸好奇，擔心歸擔心，釋懷實在沒有力氣再去干涉這些事情。

母親倒下的那個晚上，釋懷成功地追上了父親，以母親怕冷為理由，請他將母親帶回屋內。

原本以為一切已經受到控制，誰知醫護人員到來時，他卻因為不肯讓他們帶走妻子，而對其中一位動粗。釋懷隨救護車離開，所以不知道接下來發生什麼事。

聽爺爺奶奶說，挨揍的救護人員報了警，警察上門給顧浩天上了銬，想把他逮捕歸案。還好奶奶拿出醫生的證明書，證明顧浩天的病情，經過一番苦苦哀求，警員才同意讓父親到醫院去接受精神評估與精神分裂症的治療。

江釋懷向鄭毅學長陳述到這裡，竟然忍不住笑了。笑，不是因為開心，而是覺得諷刺，這一切怎麼越來越像一齣鬧劇？她的母親在鹿阱醫院主樓第五層樓的加護病房昏迷，父親則在同一家醫院的另一棟樓接受精神病的治療，而她江釋懷，則在這個最不恰當的時機裡，有機會與自己喜歡多時的學長單獨相處，再續前緣。

只可惜，兩人聊的卻滿滿地都是別人的，和他們之間無關的事。釋懷想，這深不可測的低谷是否還可能再低一點？

可能。低谷還可能再低一點。這時，電梯門打開，鄭毅學長的未婚妻走了出來。

琵琶魚

「親愛的，這幾天都不見你回家，我正擔心著呢！」綁著高馬尾的高貴女士已走出電梯門，此刻正伸出手將坐在候診室椅子上的鄭毅的頭摟到胸口抱著。高大威猛的學長一下子變成了一個無助的小孩子，兩隻手懸在空中，令坐在一旁的釋懷不好意思地別過頭去。

「我前兩天值班啊，昨晚沒回去是因為留在這裡陪我學妹。」鄭毅握住未婚妻的手肘，掙扎著掙脫她的懷抱，滿臉通紅，低聲地提醒對方：「我們不是說好不要在公共場合這麼親密嗎？」

「我才不管，嗯哼。對，我偏要！我偏要！」她嘟起那張打了太多填充物，看起來有點像魚的吸盤的嘴，嗲嗲地說。目睹著有了一定年齡的女人撒嬌，釋懷感覺剛才那杯好不容易才下肚的奶咖啡，馬上就反胃到嘴巴里來了。

「乖，不要這樣，這裡有外人。」鄭毅握著她的手，看看未婚妻，再回頭向釋懷說：「釋懷，我來給你介紹，這是琵琶，我的未婚妻，姓余。親愛的，這位是我的學妹江釋懷，你見過的。她媽媽還沒度過危險期，我昨天值完班就在這裡陪她，怕萬一醫院有什麼問題，我可以幫忙解釋。你知道的，醫藥名詞有時候不容易懂……」

「喔，*Sauver®* 的服務員！我認得你！聽說你們這幾天休息，我的朋友都氣死了。」學長的未婚妻不顧鄭毅的話還沒說完，就插嘴。人命關天之時，她卻似乎更在乎餐廳訂位這件事。這位余小姐似乎沒什麼情商可言。

「釋懷不是服務員。她其實是 *Sauver®* 的老闆。」鄭毅糾正未婚妻，可惜她沒聽完，就大聲宣佈：「我上個廁所補妝！」然後踩著她一雙菲拉格慕的細跟高跟鞋往洗手間走去。

釋懷看著這位余小姐的背影，穿著一身佈滿黃色斑點的深藍色連身裙，身材是挺婀娜的，只是不知為何，釋懷總覺得她過於豐滿的嘴唇，加上這一身打扮，讓她看起來很像一種魚類。

是什麼魚呢？釋懷暫時想不起。

釋懷見女人走遠了，才一臉驚訝地拉了拉學長的袖子問：

「你怎麼知道的？我是老闆。非凡說的？」

「不是。是我查到的。關於這件事，我有機會才解釋。對了，既然提到非凡，我想說說我們之間的事。」

學長啊學長，你陪了我整整一個晚上，說的盡是其他同學的近況，現在才來趁你女朋友上廁所的幾分鐘空檔談我們之間的事？你還真會挑時機啊。

徹夜沒睡的江釋懷，並不是很肯定自己是否有將這句話說出口。

「我們之間的事？」釋懷故意裝糊塗。其實她也不確定自己是否想在此時此地聊此事。

「釋懷，非凡告訴我，你並沒有真的忘了我。」鄭毅一邊說，一邊緊張地往洗手間的方向望去。「我也要告訴你，我也是。我從沒有忘記過你。」

真的嗎？現在？你要選擇在這種時候說這種事？

釋懷第一次意識到，這位自己心儀已久的學長，很有可能真的不是一個做事得體的人。一股莫名火燒上心頭，皺起眉頭低聲地指責起鄭毅：「你現在來跟我說這些有什麼用？你都已經快結婚了！」她能感覺自己的臉龐開始熱了起來，不是害羞的那種熱，是憤怒的那種熱。

「不，不是的。你不明白。」學長把身子湊了過來，手掌按住了釋懷的手。「這裡是醫院，別這麼激動。」

「你還在我媽病危的時候才來跟我說這些有的沒的！還叫我別激動？」釋懷雖然喜歡學長溫暖的手掌在自己肌膚上的感

覺，可是她依然逼迫自己硬生生地甩開對方的手，站了起來。

「算是我窩囊好不好？我現在不說，以後就沒機會了。」學長著急地牽住釋懷的手，說：「你突然轉校，沒有留下一句話，你讓我上哪兒找你？」

「我一直都只在鹿阱市幾公里外啊！」釋懷回答。

爺爺奶奶七十幾歲了，都能在幾百公里外找到我們。有心的話，你怎麼可能會找不到？

後面這句話釋懷並沒有說。她記住母親叮嚀過的，一個人當下的感受，不一定總需要另一個人知道。

「後來在你的餐廳看到你，看到你改姓了，就以為你結婚了……哎呀我好蠢啊！」鄭毅激動地握著自己的腦袋，搖晃著。「一直到前幾個星期接到非凡的電話，才知道原來你經歷了這麼多，而我卻不在你身邊支持你。」

釋懷心裡閃過一陣感動。可她很快地就恢復了鎮定。

這裡是醫院，他是醫生，我是病患家屬。我們不是在演瓊瑤言情劇。

還未等得到學長下一句話，他的未婚妻就從洗手間出來，摟著他嗲聲嗲氣地問：「在聊什麼？」問完，馬上就放手，從皮包找出一小瓶消毒凝膠，手心、手背、手指、手腕統統消毒一遍。

「沒什麼，釋懷要去探望她母親，我們也該回家了。再見了『故事懷』！」

～☀～

或許學長確實有幫上忙，醫生和護士都對母親加倍細心照料。幾天後，江素娘的血壓漸漸升高，也開始有了意識。雖然清醒的時間不長，對釋懷的叫喚也沒有太大的反應，但能脫離昏迷，幾天後轉到普通病房，起碼已算是個好徵兆，令釋懷大大地鬆了一口氣。

非凡帶爺爺來過好幾次，但非凡忙著應付餐廳的詢問電話，還得準備開學的事宜，如打掃宿舍、搬東西，也沒有太多的時間坐在母親身旁陪她。奶奶整天都待在顧浩天身邊，擔心他又再度失蹤，爺爺家裡醫院兩邊跑，白天幫忙孫子整理衣物，晚上則和老伴換班，忙得頭髮長了、亂了都不去理，晃眼看去，老了至少十歲。

倒是釋懷，餐館休息，自己就突然沒有事情可做，沒有地方可去，沒有朋友可約。難得的清閒，反而突顯了江釋懷這一生的悲哀，沒有愛好，也沒有愛人。

～☀～

不過，江釋懷發現一個有趣的模式，每當自己在醫院裡自艾自怨時，學長便會出現。這不是心靈感應，是什麼呢？

深夜了。鄭毅剛從急診室值完班，一臉倦容卻還特意買了一小束馬蹄蓮，走到江素娘的病房去探病。釋懷心裡是感激的，也是感動的。學長居然至今還記得她喜歡這種長得像白色雲吞的花朵。

「送給伯母。」鄭毅口頭上是這麼說，但釋懷知道花，其實是為她而買。她也沒拆穿，就只是靜靜地挪到病床上，坐在母親旁邊，好把椅子讓給學長。他沒留意到釋懷的愁容，只說了一聲「謝謝」便坐下。只見他一靠上了椅背，就深深地嘆了一口氣。

「學長今天過得不順利？」釋懷打開話匣子。

鄭毅抬起頭，望了望釋懷，說：「嗯，六歲小孩遇車禍，全身骨頭都碎了，搶救無效。他父母崩潰了。」說著，眼眶有些泛紅。釋懷點了點頭，過去給學長一個友善的擁抱，卻發現學長將自己越抱越緊，最後索性將頭埋進釋懷的懷裡，還做了幾個深呼吸，好像希望把釋懷身體上的味道全都吸進自己的胸腔裡。

我們不應該這樣，這是不對的。人家很快就要娶老婆了。

釋懷左腦說。

不過一個擁抱。別想太多。

右腦說，還補充：抱久一點，以表支持。

就這樣，兩人在睡著了的江素娘的病房內，相依相偎了一整個晚上。什麼都沒說，也不必說。

～✳～

鄭毅學長一定是凌晨時候，趁釋懷打瞌睡時離開的。因為她早上醒來時，病房裡就只有母女兩人，還有一張印有醫院標誌的紙條。上面寫著端正有力的字型：「好好休息，我晚上再來。」釋懷握著薄薄的一張紙，心裡卻像裹上一條厚厚的被子一般，很暖和。

「媽咪，我們來了！」非凡帶著巨型氣球，大搖大擺地走入病房，引起隔壁房的病人皺眉頭。他聲音太響了，擾人幽夢。非凡就是這樣，沒一件事是正經的。顧爺爺跟在後頭，被寶貝孫子逗得呵呵笑，助長非凡的不良行為。

「今天早上值班醫生怎麼說？」非凡終於收起調皮的表情，關切地問。

「老樣子。」釋懷見有人來代班，收好紙條，準備回家休息。

「那……這幾個晚上的值班醫生怎麼說？」非凡調皮的表情又回到臉上。

「誰？」釋懷原本想裝蒜，轉念間突然恍然大悟。「非凡你！」

「當然是我啦，要不然他怎麼知道上哪兒找你？」非凡得意地討著功勞。

釋懷雖然一臉憤怒，然而心裡對弟弟還是有些感激的。學長和自己的感情能夠躍進，還不是多虧了這小子。想到今晚還有可能再見到鄭毅學長，想到他的體溫，釋懷不免有些害羞，臉都漲紅了。為了避免被眾人發現，她拎起背包就走。

「不必客氣！」非凡在病房裡大聲地對走廊上的姊姊喊道，再度引起四周人們一陣不滿。釋懷向大家略略地彎了彎腰，表示歉意，然後匆匆地趕回家。

~*~

釋懷挑了一件有刺繡暗花的短袖白色襯衫。這是她最喜愛的一件衣服，買了許久都捨不得穿。然而不知為何在店裡掛著覺得好看，但穿在自己身上，竟顯得過於老土。這種打扮站在人家打扮得花枝招展的時髦未婚妻旁邊，不被看成鄉下人才怪。

可是人家本來就是家財萬貫的千金小姐，江釋懷你穿什麼都別想鬥得過人家。

釋懷望著鏡子裡的自己，臉上沒有化妝品的加分，身材沒有填充物的提升，不禁大聲地問道：「江釋懷，你還有什麼人家沒有的嗎？」

有！青春！

左腦這時大聲回答！

確實！那個女人看上去少說都有四十歲，而天天泡在食物水蒸氣裡的釋懷，則保住了年輕的皮膚，整個人看起來更像二十出頭，少了脂粉味，多了清純感。

只不過，穿什麼好呢？釋懷在家裡踱步，經過非凡的房間，看見他凌亂的床上擺著一堆籃球球衣。釋懷拿起其中一件，小心翼翼地湊在鼻子前，膽怯地聞了聞。咦，居然沒有汗臭味，是乾淨的。只是這些球衣看上去都好小，現在一米八九的非凡肯定穿不下了。這些應該是他在收拾行李時在衣櫃裡發現的。既然擠不進了，還不如捐出去。只不過一向都不整潔的非凡，這麼一堆球衣扔在床上，擺明就是在等釋懷在他住校後幫他處理。

釋懷靈機一動，拿起一件白色的，印上紅字數字和一個「江」字的球衣，往身體套下去。喔，儘管有點大，但因為布料的關係，寬鬆的球衣雖遮掩了釋懷消瘦的身型，卻也恰恰好突顯了她還算可觀的上圍。

為了避免看起來太男孩子氣，釋懷耍了一點小心機，故意在球衣底下穿了一件黑色蕾絲內衣，只要陽光一照射，誰都能透過薄薄的球衣布料瞥見這點小性感。

～☀～

回到醫院時，只剩非凡在病房內。爺爺去探望父親和陪奶奶了。非凡說，母親剛剛有睜開眼睛對著他笑，右手也能舉起來了。父親則因為還在適應新藥，所以依然有些煩躁，暫時還不能出院。

「沒關係，有些事是急不來的。」釋懷告訴弟弟。

「哈！這不是我的球衣嗎？你幹嘛穿我的球衣？」非凡發覺姊姊穿著自己的衣服，不禁笑出聲來。

「沒辦法，這麼多天沒回家，衣服都來不及洗。借我穿一下不行嗎？反正你也穿不下了。」釋懷用銳利的眼神瞪著非凡，無非就是要非凡知難而退，少問幾句。

「行！行！你喜歡就好。」非凡投降。他不知道，也不想知道姊姊穿自己舊球衣的目的。反正都是些自己不要了的東西，另一個人覺得有價值，那就隨她吧！

～※～

鄭毅學長當天傍晚並沒有過來探訪江素娘。都已經深夜了。釋懷等他等得眼睛都睜不開，靠著床沿睡著了。

實際上，釋懷是可以自己走到急診部去找學長的，她去過，也懂得怎麼去。可釋懷就偏抱著「不要打擾人家從事神聖的工作」的理由，固執不讓自己離開母親病房一步，以防自己會忍不住去找他。

這執著於不找人的決定，反倒也給了釋懷足夠的時間冷靜，從那溫暖懷抱的回憶中抽離，正視自己與學長的關係，正視自己與學長的未來。

真的，找到他了，又要說什麼好呢？

然後，又怎麼樣呢？又能怎麼樣呢？

馮大媽生前說過，她痛恨自己丈夫的程度，遠遠不及那個介入的女人。同為女生，為何要自私地為了自己的幸福，而去破壞另外一個女人的幸福？憑什麼你的幸福就比她的重要？尤其當這個男人舉棋不定時，還沒表明選擇誰的時候，誰都不應該明知故犯。

學長有未婚妻是事實。不管他心裡是否還有江釋懷，不管他和未婚妻是否真的幸福，只要這叫鄭毅的男人一天沒有取消婚約，釋懷就不該有所期待。不管學長施捨給自己多少零碎的關懷與愛慕，釋懷都不該去貪婪地拾。

正如馮大媽給客人盛麵時所說的：「肉，要給就給一大塊，破破碎碎的幾片即使湊得成數，也都是不完整的，還不如不給。」

大媽說得真對，鄭毅一天不分手，江釋懷就一天不該跟這人扯上任何一點關係。

日後萬一再次想起那個晚上的擁抱怎麼辦？

不必抗拒回憶，只要不付諸於行動，想想就好。想到燒成灰了，就不會再起火了。

释怀告诉自己。

正如工作的時候，有些尊貴的客人吃相難看，釋懷常有打爆對方嘴巴的衝動，但從不見她對客人做出任何不禮貌的舉動。腦海裡想一想，上演一遍過過癮就得了，之後都不會再有揍此人的欲望了。

偏偏學長就是不肯讓釋懷有機會把心裡那把火燒盡，又再度來到她面前，煽風點火。

~*~

只是點燃的，不是希望之火，而是釋懷有史以來，最大的一把怒火。

鄭毅學長在隔天晚間十點鐘來到了江素娘的病房門外。在一旁打著瞌睡的釋懷聽到敲門聲，立馬跳了起來。敲門聲一般意味著值班醫生巡房，或護士來檢驗病人的體溫、呼吸頻率、心跳等基本生命體徵，她擋在病床前只會阻礙交通，必須馬上讓開。

喔！居然是學長！釋懷心情頓然進入更緊張的狀態，腦筋努力地回想睡醒的那一刻，姿勢是否優雅，嘴巴是否是開著的。

非凡就愛跟人家說我睡覺時會流口水。如果剛才也是如此，那麼江釋懷，你在鄭毅學長心裡的形象盡毀。

學長比前幾次見面時，感覺拘謹得多。或許因為現在是換班時間，有許多護士正在病房外，當醫生的，總還得有個醫生樣吧。

「打擾了。伯母今天怎麼樣？」學長客套地問。

「老樣子。」釋懷勉強笑了笑。其實她沒聽清楚，以為學長是在慰問她。

「你累嗎？我們到餐廳去喝杯飲料？」學長提議。「剛值完班，有點睏，想來杯咖啡。」釋懷點點頭。給母親整理好被單，就跟學長走了。

釋懷不明白為何醫院的走廊一到晚間時分，總要把空調的溫度調得特別低。她冷不防地打了一個冷顫，被鄭毅看見了，趕緊將她一把摟了過去，用手掌摩擦著釋懷的手臂，為她取暖。釋懷也沒有掙扎，偶爾當當小鳥依人的感覺，真心不錯。

～⁕～

走到了頂樓餐廳的門口，鄭毅輕輕地放開了釋懷，只問了一句：「紅茶，不加糖、不加奶？」便走到櫃檯去買飲料。

學長居然還記得我喝茶的習慣！

對她而言，這意義重大。她印象中只記得跟學長提過一次：「加了奶精和白糖的紅茶，就嚐不出季節的香氣與茶農勞力的成果了。」

釋懷找了一個靠窗的位子坐下。從醫院的十六樓，釋懷能看到鹿阱市的夜景，雖和雜誌上看到的其他大都會的夜色沒有什麼不同，但這說什麼都是釋懷第一次和心愛的人在同一個地方，即將一起欣賞夜景，期待的感覺也別有一番滋味。

泡茶水的服務員手腳很慢，學長遲遲都沒有回到座位上來，反而一股濃濃的香水味撲鼻而來。釋懷沒有抬頭，就看到一雙踩著恨天高的腿兒，朝自己這個方向走來。都幾點了，還打扮成這般花枝招展的女人，還會有誰？

~*~

原來學長給釋懷設了一個陷阱。

那個女人清了清喉嚨，聲音很熟悉。釋懷心不甘情不願地抬頭一看，果然就是那位學長的未婚妻。她今天穿著淺藍底色，深藍線條的連身裙，身材玲瓏有致。

「我還沒自我介紹，我叫 Pippa，姓余，大家都叫我『余琵琶』。」女人伸出右手。釋懷只得禮貌地和她握手：「江釋懷。」女人明顯地忘了學長几天前就介紹她們認識了。真是沒誠意。

和學長一起看夜景的計畫泡湯了，還不如早點結束這痛苦。「你是來找學長的嗎？他在那裡。我幫你去叫他。」釋懷自告奮勇。

「我知道。因為他上哪兒之前都會向我稟報的。」女人囂張地告訴釋懷。釋懷不加理會，想站起來，卻被學長這個未婚妻給阻止了：「坐下。我有事情要跟你商量。」

釋懷沒有坐下，卻也沒有走開。她想知道這個女人究竟要什麼。

「我要買下*Sauver*®。就這樣。」女人犀利的一句話，將釋懷拉回到椅子上。

「你，你說什麼？」釋懷皺起眉毛，不敢相信自己的耳朵。

「是的。買你的餐廳。怎麼樣？賣不賣？除非你不是老闆。」對方斬釘截鐵地回答。

~☀~

「什麼？現在？」釋懷睜大眼睛。

真是不可思議，你跟學長可真是絕配，特別會挑時機。

釋懷心想。

「親愛的，她真的是*Sauver*®老闆，江釋懷就是她。」鄭毅回來了，指著釋懷，對未婚妻說。「你查到的，他們公司註冊在她的名下。我幫你把她找來了。餐館的事，你可以直接跟她談。」

「很好，那請開個價。」女人在釋懷對面坐下來，又從皮包拿出消毒凝膠，手心、手背、手指、手腕統統擦一遍。

「什麼？現在？」釋懷眼睛睜得更大了，反問。

「當然是現在，不然等你們開業了，就不會有空跟我談了。」學長的未婚妻若無其事地回答。

「我媽正在病房，好不好得起來都還是未知數，主廚不在，餐廳賣給你有什麼用？」雖然轉讓餐廳的念頭一直都有在釋懷腦海中出現過，但她也不想欺騙買家，因此堅決無論在什麼情況下都必須保持坦誠。姓江的對誰都必須有誠信、有良心。

「喔，不不不，你放心，我要買的不是你們的團隊或是食譜。那些就……不用了。呵呵。我要買的是你們的品牌，那個什麼『賦予垃圾食物第二生命的概念』。你們那棟破屋子，我也不稀罕，不然餐廳面積那麼小，根本裝不下幾個人，賺得了多少錢？換成我們來經營，肯定是開一間大的，客人想吃隨時都能訂到位子！他們有錢花，我們也樂得有錢賺。」

有錢人說話口吻就是不一樣。

~*~

「釋懷，你考慮考慮吧。你媽媽目前狀況這麼差，就算康復了也不應該再繼續這麼勞累下去。我未來岳父是飲食業大亨，專門投資或收購快要垮掉的，或……者像你們這種很有賣點的精品餐館，然後加以擴充。聽我說，你們的出發點那麼善良，應該被更多人看到。」鄭毅溫柔地說服著釋懷。

釋懷壓根兒就沒有反對的意思。這提議可真是正中下懷呀！而且由於她本身就是*Sauver*®的唯一董事，實際上她愛怎樣就怎樣，誰也阻止不了她。

釋懷想像，沒有了*Sauver*®這個重擔，母親就不需要日日夜夜都在廚房裡做菜；沒有了*Sauver*®的牽絆，她自己就終於可以踏出這個城市，到世界各個不同角落去走走，非凡也可以到國外去唸書。他這麼聰明，留在這個城市，長大後的視野就只能限於鹿阱市那麼狹隘。再說，爺爺奶奶也終於能夠拿到一筆錢，回老家去養老。皆大歡喜。

～☀～

但當歡愉的片段在腦海裡播放完畢後，釋懷想到了父親，想到爸爸每晚撿到好東西回來時的驕傲神情。那一瞬間的他，是跟釋懷小時候所認識的，意氣風發、瀟灑英俊的顧浩天最接近的一個版本，幾乎看不出他的腦袋裡存有另外一種現實。

然後她想到母親，想到媽媽每晚接過丈夫給自己送的東西時的幸福神情。不過是一袋麵條、一個水果、一個西蘭花，對江素娘來說，甚至比珠寶還要貴重，還要珍貴，幾乎看不出來，她是一個啞巴。

這些溫馨畫面，都是因*Sauver*®而起。

自從父親來到鹿阱市之後，和母親在一起，兩人的病情都有所好轉。父親願意聽從指示吃藥，更很少提起過誰在耳邊慫恿他幹出傷害自己的事，母親則更願意與家人分享自己的情緒與想法。*Sauver*®要是轉讓了，他們確實會有更多金錢，可惜一家人就沒有繞著拾荒課題的活動，沒有了精神寄託，必然又會返回從前的自己。

「我需要想一想。」釋懷對二人說。

「那當然。」鄭毅說。

「不用想，價錢隨便你開。拿了錢你們就可以隨便再開一家不賺錢的麵館。」女人鮮紅的嘴唇吐出來的話格外刺耳，態度之囂張，連鄭毅都看不下去，用手指輕輕地拍著未婚妻的手背，希望她快快閉嘴。

釋懷終於受不了了。母親要她控制情緒的叮嚀瞬間忘得一乾二淨。

「隨便？我們一家人辛辛苦苦創辦的、經營的一家餐廳，什麼時候輪到你說隨便就隨便？」釋懷氣得大發雷霆，伸出右手快速地把鄭毅剛剛買回來的飲料往右手邊掃。兩杯飲料重重地摔在了地上，小勺子發出的聲音響亮得把餐廳裡賣茶水的小弟嚇得魂飛魄散。杯子裡的飲料雖不滾燙，但都還是熱的，濺到釋懷的手臂上，刺痛得很。所幸餐廳裡使用的器皿都是塑料材質，摔不破的，釋懷才沒有被割傷。

隱約中，釋懷聽到學長匆忙地告訴未婚妻：「寶貝，我看我們還是先回家吧，讓釋懷冷靜一下。餐廳的事改天再說。啊？」

等到氣消，回過神來，釋懷才發現自己剛剛發了好大的脾氣。她雖不確定發火的導火線究竟是「隨便」兩字，還是學長的背叛。她深深懷疑，學長這幾次的故意接近，並非出自於真心，而是在為收購*Sauver*®鋪路。

只不過，無論原因是什麼，餐廳裡的小弟是無辜的，她絕不能讓對方成為自己發洩情緒的受害者。她要過了拖把和抹布，將灑掉的咖啡與茶擦掉。

～☀～

「余琵琶，學長究竟看中你什麼？」釋懷一邊拖地，一邊喃喃自語。腦子裡盡是那個女人說的每一句話，還有她的香水、她那一身線條穿著。

餐廳為了節省能源，將後半部份的日光燈都關掉了，只開放靠近櫃檯的幾個座位。

釋懷看了看趴在收銀機後面打哈欠的餐廳職員，心想反正自己還在氣頭上，身體裡的腎上腺素還在狂飆著，不如幫他一個忙，幫他將整個餐廳的地板徹底拖了一遍。釋懷走到餐廳的後方去取水桶，瞥見那裡有個小型的玻璃水族箱。方形的魚缸裡頭只有三條金魚和少許水草，還有一條小小的清道夫魚。釋懷仔細瞧了瞧那條清道夫魚，好眼熟！再停下想了想，清道夫魚身上的條紋居然跟余琵琶剛才的那件淺藍底色、深藍線條連身裙一模一樣！

余琵琶，Pippa Yu，琵琶・余。琵琶魚！琵琶魚不就是清道夫魚的別稱嗎？釋懷想到這裡，禁不住大笑了一聲，還忘形地用手掌拍了拍魚缸。清道夫魚被嚇得遊開了。

「琵琶魚不就是你這種放在水族箱裡，清理其他觀賞魚的大便的清道夫魚嗎？」釋懷對著貼在水箱另一邊的清道夫魚說。「琵琶．余」這個名字簡直太適合這個女人了！

琵琶魚沒有經濟價值，當觀賞魚不夠養眼，做成料理的話，又因為魚鱗太厚，口感不好。曾經就有一位 *Sauver*® 的客人到鄉下地方遊玩，在水潭裡撈了二十幾條野生的琵琶魚，不知如何烹煮，就帶來給江素娘。結果母親試驗了好多種煮法，沒有一種是能讓人咽得下口的：清蒸味道太腥；燒烤肉質太柴；煎炸魚刺太多。

琵琶魚一般的用處就是被養在水族館裡，像清道夫一樣，負責清理魚缸裡的青苔和汙垢，看似非常偉大。但養過觀賞魚的人都知道，若有更好吃、更高級的食物如飼料、魚卵和其他小魚，掉到琵琶魚的面前，它們才絕對不會客氣呢！到時，它們對殘餌和糞便，理都不想理。

余琵琶跟她的家族不就是這種人嗎？琵琶魚生性就是不利用自己的魚鰭往上游，與其他同類爭奪好處，而是埋伏在暗處，等受傷的小魚往下沉。余琵琶就是專挑釋懷她們這種遇到困境，或經濟上維持不下去的餐館下手，低價收購。

Sauver® 開業都一年多了，生意興旺的時候，學長他們也來光顧過好幾次。如果早就對 *Sauver*® 有興趣，當時怎麼不見

余琵琶來提出投資方案？很明顯的，余琵琶一家人還不是在坐等*Sauver*® 出事？時機到了，*Sauver*® 沉入水底，快失去生機時，琵琶魚也來了。

只是呢，若拾別人不要的東西的人是垃圾魚，那「食荒人」不也是？

釋懷自小就有一個奇怪的毛病，幸福的時候、高興的時候，或者如此難得能幸災樂禍的時候，理智總是會站出來往自己頭上潑一瓢冷水。她冷靜地想了想，卻斬釘截鐵地搖了搖頭。

不，「食荒人」能給垃圾重新成為食物第二次生命的機會，而琵琶魚純粹就只是想把垃圾占為己有，當成自己的食物而已。

~※~

釋懷終於擦完地板，累得再度趴在江素娘的身邊睡著了。這已經是第二個星期了，母親的意識還不是非常清醒。

睡夢中，她感覺有人在摸她的頭。慢慢地、溫柔地。釋懷原以為自己在做夢，呢喃著：「別煩我，我想繼續睡覺！」四周突然響起一陣笑聲，釋懷感覺身旁圍著好多人，便快速睜開眼，發現病房的燈亮著。

「釋懷！乖女兒！你看，媽媽醒了！」一把許久沒有聽到的聲音在耳邊響起。

「媽媽！你醒了！而且還說話了！」釋懷從椅子上跳了起來，緊緊地摟住母親，兩人喜極而泣。病房裡的醫生和護士每個臉上都帶著笑容，用力地為她們倆鼓掌！

「太好了，媽媽你醒了，我們的餐廳就不必轉讓了！我們可以繼續營業，你可以繼續煮好吃的食物給我們的客人吃！*Sauver*®的爐火不用滅了，可以繼續燃燒了！」釋懷忘形地吶喊著，醫生和護士的掌聲此刻就更響了。

咦，媽媽穿的，怎麼不是醫院的淺紫色病服，而是印有各色小花的白色睡衣？還有，身邊這些醫生和護士怎麼都是外國人？而且跟剛才看到的鹿阱醫院手冊上的模特長得一模一樣？

釋懷看看周圍，越看越不對勁。病房裡怎麼會有金色暗花的沙發？還有銀器餐具？

這一定是夢！江釋懷，趕緊醒過來！

釋懷逼使自己睜開眼，黑漆漆的病房內並沒有別人，也沒有醫護人員，只有自己的氣喘聲和媽媽平穩的呼吸聲。

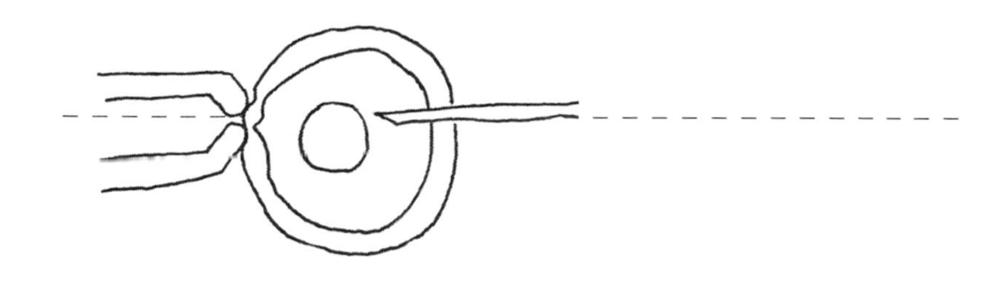

交「毅」

「鄭毅大概沒有經常向你提起我吧。」釋懷才跟醫生談過，準備回家換洗，就見到學長的未婚妻余琵琶站在門外，對著她笑。

天啊，這女人真是陰魂不散。今天她穿了黑白曲線的小洋裝，依然讓她像極了一條水族館的琵琶魚，身上散發著的又是那股香水和消毒凝膠混合的怪味道。

琵琶魚。釋懷一想到這個名詞就咬緊下唇不讓自己笑，再搖搖頭，表示不想跟她說話。

「我再次自我介紹。我叫琵琶，我爸是餐館大亨，在他公司旗下的高級餐廳不計其數。鹿阱有超過一半的餐廳都有我們公司的股份。」

釋懷繼續收拾。今天早上的琵琶跟昨晚的版本有些不同，語氣客氣了點，大概是回去被學長批評了吧。

但這關我什麼事？

释怀心想。

「你知道他愛的人不是我對嗎？」余琵琶突然冒出這句話。

釋懷聽到時，愣了一下，強忍住好奇心，冷冷地回了她一句：「不知道。也不想知道。」

然而釋懷腦子裡不斷地重複琵琶剛剛的那句話。

什麼叫「他愛的人不是我」？學長愛的人若不是自己的未婚妻，那究竟會是誰呢？

「是你。」琵琶猜到釋懷在想什麼，連關子都懶得賣，就直接揭曉謎底。

這真是天下最完美的答案。

釋懷有些不相信。眼前的余琵琶看上去就是那種肯為了達到目的而不擇手段的人渣。這句話很有可能就是一個引誘釋懷上鉤的橋段。

「自從去了 *Sauver*®，他對你的感情又死灰復燃。」妖豔的女人又拿出消毒凝膠，淡淡地說。

身為一個未婚妻，居然可以把未婚夫愛上別人這件事描述得那麼輕鬆，史上大概就只有這個叫余琵琶的女人了。

「那又怎樣？」釋懷依然不許自己放下戒心。目前必須應付的對手，可不是什麼泛泛之輩，極有可能是沒心沒肺的外星人。

「可別這麼說，要是傳到鄭毅耳朵裡，他可要心碎了。」琵琶酸溜溜地說。

「他心碎關我什麼事？」釋懷回嘴。

「別裝了，你們那天晚上抱得那麼緊，你敢說你不在乎他？」琵琶給了釋懷一個斜斜的微笑，好像事不關己一樣。

「你怎麼知道的？」釋懷這回確實被嚇著了。但她還是找到了辦法穩住了陣腳，反駁：「學長心情不好，我做學妹的給他一個擁抱不為過吧！」

「擁抱一整個晚上？」琵琶調侃著釋懷。釋懷像是幹了壞事後被大人揭發的小孩，全身泛起一陣熱，臉此刻更不用說了，肯定是紅彤彤的了。

「下次不會再發生了，我向你保證。」釋懷鎮定地答應對方。

「沒關係呀，你們繼續呀！」琵琶說的時候毫無表情，釋懷不知她是在警告自己，還是認真的。只是對方說著說著，就自個兒拉了把椅子，擅自坐下。釋懷怕打擾到江素娘休息，示意要對方到外面的候診室談判。

琵琶搖搖頭，食指往下指，示意要在病房裡談，意思是希望江素娘也聽到她們倆的對話。

「繼續？我可不想介入你們。」釋懷故意將病房和母親的病床重新整理一遍，為的就是要讓自己看起來滿不在乎。

「沒關係啊。反正他不愛我，我也不愛他。」余琵琶說。

這女人的臉皮還真厚。

～*～

「他不愛你，你不愛他，那你們兩個人訂婚做什麼？」釋懷的問題才脫口而出，馬上就後悔了。其實她早有懷疑，可是她真的不想知道實情。有些真相，還是埋在謊言裡比較體面。

「我為什麼要跟鄭毅結婚？呵呵，說不關你的事，也不對。簡單說，他跟我有個交易，事情達成後，我就會把鄭毅還給你。」琵琶從名牌皮包裡取出小鏡子，檢查自己的劉海有沒有開叉。

「是利用學長接近我嗎？」釋懷開門見山地問。這個問題釋懷已經想了一個晚上，長痛不如短痛，答案呼之欲出，不如現在請當事人揭曉吧。

「喔喔喔，才不是，才不是。我跟鄭毅已經認識十年了，我們在他重新遇到你之前就訂婚了。」琵琶若無其事地解釋：「那時他們家破產了，他上大學的學費是我付的。前提就是要跟我生小孩。」

釋懷覺得一陣噁心。這種事不必說得那麼大聲吧。

「你看他，條件不錯吧！高、帥、高智商，頭髮、眉毛又濃又厚，是基因很好的種馬。」琵琶說得理所當然，釋懷已經嘔吐在嘴裡了。

「那好。恭喜你。」釋懷急著想結束這次對話。可惜余琵琶還想繼續聊：「喔不不不，我沒有懷孕。而且我這個人對跟男人戀愛啊、組織家庭這種事不感任何興趣。我對婚姻生活、家庭生活沒有憧憬，所以我要的只是鄭毅的精子，找人代孕，給我們余家傳後，製造幾個好看又聰明的小鄭毅、小琵琶！」

天啊，請馬上、此刻、現在就把我給殺了吧。

釋懷對著天花板說，但她實際上更想把對方給殺了。

「你說你不愛他，那為什麼第一次來找他時那麼著急？」釋懷似乎想將所有疑點一一剔除。

「晒恩愛不就是為了測試你會不會嫉妒呀！你當晚應該拿個鏡子看看你當下的表情。哈哈！」琵琶笑了，笑聲假得極為恐怖。「你嫉妒，就等於我有籌碼了啊！」

～☀～

「言歸正傳。」琵琶終於願意停止描述她和鄭毅的關係的細節，將話題回歸到她來訪的真正原因上。

「你們為*Sauver*®註冊了商標，這讓我們很難做。我們大可開相似主題的餐館，但*Sauver*®已經打響了招牌，我再怎麼開，在媒體眼裡都只是個跟屁蟲。跟你要特許經營開分店，又要付你們紅利，股東們不開心。」

「所以我只好請你把*Sauver*®的經營權，連同註冊商標一次過賣給我。多少錢都可以談。」琵琶拿出支票本，準備填入釋懷要的價碼，立馬達成交易。

「不賣。」釋懷果斷地回答，再轉過身摸摸母親消瘦的臉頰。對於這家餐廳，母親付出得比自己還要多幾百倍的心血，她豈能沒問過她，說賣就賣？

「不如這樣，我跟你說，鄭毅的精子我們很早以前就上診所抽取，凍住了。所以我們只需要在下個月如期地舉行婚禮，婚禮過後我們就可以宣佈離婚了。我可以保證，你把*Sauver*® 讓給我，用不到一個月的時間，我便會交出鄭毅。你和你心愛的學長到時就可以名正言順在一起，比翼雙飛了。」琵琶一邊擦粉，一邊提議。

名正言順在一起。這七個字好好聽。釋懷此刻確實中了余琵琶的毒，這個念頭在腦子一直轉個不停。她儘量提醒自己要控制自己的臉部肌肉，讓自己看起來毫無表情。

這一切不就是自己想要的嗎？她很清楚自己心底最原始的欲望，便是將*Sauver*® 賣掉，跟學長復合。

只是這個女人當初出言不遜，汙辱了他們一家人這幾年的辛勞與成就，釋懷才不想那麼便宜她。

「姊姊我不妨奉勸你兩句。我給你兩天的時間考慮考慮，反正你們廚師倒下去了，都不能開門做生意，你真的應該在你的客人忘記*Sauver*® 之前，趁還有價值之時，趕緊賣給我們。」余琵琶單刀直入地勸告釋懷。「要知道，現代人很容易喜新厭舊的，包括我在內。別讓我等太久喔！」說完，琵琶就慢條斯理地搖著屁股走了。

~ ✳ ~

那個女人雖然令人討厭，但她說的沒有錯。母親一天沒有醒過來，*Sauver*® 就無法接待客人，無法照常營業。久而久之客人就會把 *Sauver*® 給忘了。母親沒有醒來的每一秒，*Sauver*® 就都在貶值，自己確實應該趁還有人要時將它轉讓。只是江釋懷生命裡的大小事，全都有母親在旁指點。唯獨這次來個最大，也最難的，母親卻躺在醫院裡一動也不動。

「媽，你如果覺得我應該賣掉餐館，能不能捏一下我的手？如果不應該，能不能請你搖一搖手？」釋懷哀求著，但江素娘冰涼的手依然軟綿綿地，沒有一點支撐力。釋懷不怪她，畢竟她這幾天的情況因為換了新藥有些不穩定，清醒的時間越來越短。釋懷不敢往壞的方面去想，唯有相信醫生的話。

然而，如此重大的責任，釋懷真的不敢一個人承擔。雖然轉讓餐館能解決接下來所有的經濟問題，但它是所有人這些日子以來的精神寄託。沒有了 *Sauver*®，大家又該何去何從？沒有了 *Sauver*®，大夥是否就都散了？

~ ✳ ~

「釋懷，你要不要先回去睡一下？你媽如果醒了，我打電話給你。」背後傳來顧爺爺的聲音。轉眼間已到中午了，他來探病。

不如跟爺爺聊聊看。他平常挺明事理，也挺有想法的，說不定能幫忙出些主意。

釋懷想到這裡，不免略略地鬆了一口氣。原來煩惱有人分擔，是多麼幸福的感覺！

只不過釋懷看見爺爺明顯消瘦，瘦得臉部都陷進去了，走起路來一副老態龍鍾的樣子，不免感到心疼，自覺*Sauver*® 的事不如改天才談吧！爺爺都這麼心煩了，再給他添麻煩實在有點不應該。

雖然爺孫倆關係依然還不是太親密，但已經比之前好很多了。爺爺就和一般傳統男人一樣，不太懂得說好聽的話，就只懂得用行動來表示關心。他自兒子和媳婦同天入院以來，便定時到江素娘的病房，以防釋懷因為公事需要外出或需要回家換洗衣服時，他可以代代班。

母親入院至今，奶奶一次都沒來過。她聲稱擔心兒子逃走，因此堅持守在他床邊寸步不移。兒子媳婦兩邊跑的任務，就落在顧爺爺身上了。這一陣子他老人家也是辛苦了。

「我不累。您先回去吧，一會兒您還要跟奶奶換班，不休息怎麼行？」釋懷體貼地說。

「唉，真是屋漏偏逢連夜雨。」爺爺感嘆。「你爸媽同時間住院，你的開銷已經很大了，餐館不能營業，你又因為怕我們洩露身份，沒辦法向那家美國餐廳採取法律行動。按照常理，「食荒人」若因為吃到不乾淨的食物而生病，是可以提告的。」

「沒事的，爺爺。」釋懷想阻止爺爺繼續往不好的方向想，可惜已經來不及了。

爺爺已經開始自責：「你爸的情況原本已經好轉許多，大家都平安無事。如果那晚我沒有偷拿黑松露，就不用轉移地盤；如果我們那個晚上不去撿人家丟的水果，我們就不會偏偏碰到一個毒桃子，害得你母親昏迷、害你爸大受刺激病情復發，我們又不能索賠……唉，一切的一切，都因我而起，因為我這個老糊塗而起，我不拿人家的東西不就沒事了？對不起啊，釋懷，爺爺對不住你，還有非凡，害你們一下子沒了爹，也沒了娘！」爺爺說著說著，就坐到椅子上去了，聲音也越來越哽咽。釋懷彎下腰一看，原來爺爺哭了。

「爺爺，爺爺，真的不怪您。要怪就怪那家美國叫『69號公路』的餐廳，到了今時今日還在用殺蟲劑。換成是被別的「食荒人」吃了，豈不是更糟？至少我們還付得起醫藥費！」釋懷不知從哪兒來的樂觀主義，臨時能用來安慰爺爺。

「釋懷，爺爺跟你說。之前我和你奶奶要是哪裡虧待了你，你一定要原諒我們這兩個老糊塗！好不好？」爺爺老淚滂沱的樣子，看起來是真誠的，但也未免太誇張了吧。釋懷猜想，爺爺這段時間應該被內疚和疲勞折磨慘了，今天才終於在媳婦的病房裡崩潰哭泣。

「爺爺，別哭了，真的不怪您。我都快三十歲的人了，不是小孩子了，不需要誰來捧在手心疼愛。放心，真的不怪您。」說也奇怪，釋懷之前對顧爺爺沒有太大的好感，今天看到他對自己敞開心扉，露出脆弱的一面，突然覺得其實他也挺可愛的。

「真的嗎？下次爺爺哪裡做的不好，你不要怕，一定要告訴爺爺。知道嗎？」爺爺將手伸進褲袋裡，挖出一張皺巴巴的紙巾，擦去眼淚。釋懷見狀，趕快給他遞去一張新的紙巾，他卻捨不得用，摺好，放進口袋，繼續使用那張舊的。

釋懷這時才發現，爺爺的衣服和褲子看起來已經很舊了，鞋子也都磨出洞來了。他身上穿的，還是他們剛到鹿阱市的那一週裡，釋懷給他買的衣服。

原來這些日子以來，爺爺都沒有給自己添置過新裝。因為他和奶奶為了不想給釋懷增加經濟負擔，從來都不伸手跟釋懷要錢。而做孫女的她，居然完全忽視這一點。

釋懷這時才恍然大悟，爺爺奶奶去拾荒，原來不僅是為了遷就自己獨生子的奇特愛好，也是因為他們真的自認對這個家沒有貢獻，真心希望通過拎一些食材回來減輕餐廳的經濟壓力。他們已無法出外工作補貼家用，拾荒，是他們唯一懂得如何做的事。

釋懷在腦海裡不斷反省，自己是不是一直以來都對爺爺奶奶充滿敵意，他們為了必須在孫女面前維護尊嚴，才到別人的後巷拾荒，這種對於爺爺一個傳統男人來說，有失尊嚴的事。

爺爺！您這些日子辛苦了！釋懷想到這裡，禁不住給還在擤鼻涕的爺爺一個深深的擁抱，卻一下子惹得顧爺爺更是老淚縱橫，哭得連聲音都沒有了。

~☀~

Sauver®這一年多以來，盈利還不錯，但扣除買食材的成本、水電費、開銷、工資，還有生活費和給非凡存的教育費，釋懷算過，存款的數目並不如想像中可觀。再加上這次父母親昂貴的住院費、診費和藥費，銀行裡的錢只剩下一半不到了。

賣掉*Sauver*®，大家就有錢了。爺爺奶奶就不會捨不得買新衣服了。

下午兩點鐘，釋懷一邊送爺爺到車站，一邊天真地想。

她陪爺爺等到公車來了，才放心走回病房。這是她第一次感受著自己除了母親和弟弟之外，還有親人。

之前釋懷總是將這個家瓜分成「我們」和「他們」。

「我們」包括母親、非凡和自己。「他們」包括爺爺、奶奶和爸爸。釋懷能感覺心裡這道以敵意築成的圍牆，正在慢慢地瓦解。這感覺出奇地好。

但「出奇地好」的感覺為時不長，因為江釋懷最想，也最不想見的人，就出現在離自己僅僅三十公分的空間裡。

「釋懷，我有話要跟你說。你有空嗎？」學長穿著醫院的手術服，看似是在趕去值班中途特意來病房一趟的。

「恭喜你要結婚了。除此，我們沒有什麼好談的。」釋懷越走越快，想將學長拋在後頭。可是鄭毅腿長，三步並作兩步就追上她這個矮冬瓜了。

「琵琶都跟你說了？」學長倒著走，面對著釋懷問。「我昨晚值班，沒回家，還沒跟她說上話，不知道她會擅自來找你。」

「說了啊！你們交易的內容也說了。」釋懷不允許自己有任何的情緒，淡淡地說。

「什麼？」學長看起來有些不好意思，深呼吸一下，搭了一句：「喔，原來她都告訴你了。」

釋懷假裝沒聽見，越走越快。

「那她告訴你我完成了跟她之間的合約之後，會怎樣對嗎？」鄭毅一臉殷切地問，倒著走時一不留神，撞到了一位提著便盆的護士，差點釀成「慘禍」。

「對不起！對不起！你沒事吧！」學長慌忙地轉過身，扶住該名護士，以防她摔倒，卻因此落後了腳步。

哈哈！最好病人的大便都灑在你身上。這就是報應！

釋懷目睹學長滑稽的一面，嘴角忍不住上揚，罵道：「活該！」

「釋懷，解除交易……也就是說我和你一個月後就可以在一起了！」鄭毅興奮地說。「你期待嗎？到時我就沒有婚約了。我知道你跟我一樣，是期待的。你必須讓我知道，你也是期待的！」

「那是你的事。」釋懷冷冷地說。

「什麼我的事？當然與你有關呀。」鄭毅臉一沉，他沒想到釋懷會毫無反應，語氣有些著急：「只要代孕的女人一受孕，我就是自由身，是琵琶新加的條件呀！是我為我們倆爭取的啊！我們倆，就是我和你！」

「我什麼也沒叫你做。這是你一廂情願的想法，可別拉我下水。」釋懷停下腳步，近乎無情地看著鄭毅說：「麻煩你，你回去告訴琵琶，我不賣。多少錢也不賣。」說完便跑回母親的病房。

~ ⁂ ~

只可惜病房的門不能上鎖，鄭毅一下子就又追到釋懷面前來了。

「不行了。釋懷，你已經沒有選擇的餘地了。」鄭毅氣喘吁吁地說。

釋懷無處可逃，只好做了一個深呼吸，挺直背直視鄭毅的臉，正視鄭毅的眼。儘管這是一個錯誤，因為鄭毅的眼神，是江釋懷的弱點。每一次四目交投，都會令她雙腳發軟，理智當機，啞口無言。

「你……這是什麼意思？」釋懷勉強擠出幾個字。

「釋懷，你聽我說。你的秘密，琵琶知道了。她今天晚上就會用這個把柄來勒索你。」鄭毅握住釋懷窄窄的肩膀，略略地晃了一下，以確保她把自己的話都聽進去了。

「什……什麼秘密？」釋懷勉強從美好的夢境中醒過來，然後還得勉強裝傻。這一切真的太難了。

「你們餐廳從垃圾堆裡找食材的事。」鄭毅嚴肅地說著。這回，他知道釋懷聽進去了。

~✳~

「我們的確是向超市和農場以低價購買它們丟掉不要的食材，沒錯呀。這就是我們餐廳的概念。」江釋懷擺出一副專家的姿態，嚴謹地說明，希望鄭毅知難而退。

「你知道我指的不是農場那種垃圾堆，是別的餐館後面的『那種垃圾堆』。」鄭毅見事關緊要，不讓釋懷有插嘴的機會。「你必須知道那些食物是留給「食荒人」的，不能用來營利。況且，要是你的客人知道他們正在吃著的，一頓總值三百幾十塊錢的料理，是來自別的餐館的殘羹剩飯，你覺得你們會有什麼下場？」

「事實不是這樣的。我們沒有……」釋懷嘗試解釋。

「我吃過，確實吃不出是殘羹剩飯。可是這樣還是違法的呀。」鄭毅學長威嚴風範再度出擊，令釋懷有些畏怯，說不出話。

「違法？」釋懷自認從小就宣誓不想長大以後成為一個奉公守法但沒有思想的好公民，可是還不至於想使壞到「違法」的程度。

「都怪我不好。」鄭毅把病房的門重新掩上，輕聲地說。「你母親入院的同一個晚上，也有幾個小孩被緊急送醫，除了腹瀉，其他的症狀如嘔吐、發燒都跟伯母的很像。我隨口把這件事告訴琵琶了。」

「幾個孩子的父母都是『食荒人』，那一晚給孩子們吃的食物包括一家叫作『69號公路』的餐廳丟掉的水果。『69號公路』是琵琶他們家投資的餐廳。」

釋懷聽完，心裡一陣涼。

媽媽正是吃了從「69號公路」後巷垃圾堆裡撿回來的桃子才中毒的。原來受傷的大有人在，而且還是小孩子！真是喪盡天良！

不過釋懷決定在學長面前不表露出任何情緒，依然堅決否認*Sauver*®與「69號公路」美國餐廳有任何關聯。

「那一家『食荒人』決定向『69號公路』提出控訴了。你開餐館知道的，『食荒人』若因為吃到不乾淨的食物而生病，是可以提告的。」鄭毅繼續說著，而釋懷也假裝心不在焉地聽著他的故事。

「我還是不理解，這跟我們*Sauver*®有什麼關係？」釋懷一臉好奇地問。

「你不用再裝了。琵琶一點也不笨。」學長的神情有些失望，釋懷到了這個節骨眼上還是打死不認。「琵琶不信這些『食荒人』的說詞，就調出當天晚上『69號公路』對街的閉路電視視頻，看看他們是否真的有在他們那裡拾東西吃。結果指認出來的，僅有的幾個在他們後巷撿食物的『食荒人』，其中一個就是你爺爺。」

「有鬍子的就是我爺爺嗎？」釋懷都被學長說得快招架不住了。

「琵琶剛剛看見你稱呼他爺爺了。」學長亮出壓垮駱駝的那一根稻草。

江釋懷詞窮了，已經不知該如何狡辯了，只好放棄，跌坐在椅子上，許久才弱弱地問：「那，那學長，我該怎麼辦？」

~✳~

「琵琶這個人有個缺點，那就是想到什麼好主意時，總要先跟周圍的人說一遍。」學長告訴釋懷。「我剛剛看病看到一半，她明明知道我很忙的，還給我打電話，說打算用這個資訊勒索你，然後出很低的價錢逼你把*Sauver®*賣給她。你現在知道了她的計畫，千萬不要上當。」

「你是說，不要我轉讓*Sauver®*？」釋懷有些不明白。

「在這種情況下，*Sauver®*無論是餐廳，還是商標，都是賣定了。你不賣，她就會到處去說你們餵顧客吃別的餐館的垃圾，不衛生，讓客人們覺得受冒犯、受背叛，成功破壞你們的聲譽。到時候，你們也必定是關門大吉的，還會收到無數宗的控訴。」鄭毅分析。

釋懷急得眼眶都紅了。

「最好的方法就是你先出價，反正她說過價錢隨便你開，那你就先想好一個足以讓你們全家舒舒服服過日子的數目，告訴她，她就不會再追究了。這一點我很肯定。」學長提議。

釋懷聽完學長的建議，腦子已經在開始揣測*Sauver*®的價值。

「價錢，你就開個合理的，只要覺得夠好好地安頓你們一家人的，就儘管開口。不騙你。」學長就像釋懷肚裡的蛔蟲，她想什麼，他都知道。

「好了，我說完了，我要回去值班了，病人在等。」鄭毅伸出雙手，握住了釋懷的細腰，站了起來，再彎下腰輕輕地吻了一下釋懷的額頭。一股暖流，從學長軟軟的嘴唇，傳到釋懷的皮膚上，刺激了上萬條神經細胞，翻譯成感動，匯入大腦。

「還有，很期待你終於能和我在一起。」

～✳～

釋懷此刻激動地好想衝向前給鄭毅一個擁抱。她心存感激，感謝他冒著被發現的險，先來通風報信。萬一被琵琶發現，對學長反悔，那麼他就得一輩子待在一個自己不愛的人身邊，忍受冷言冷語。想到這裡，就覺得他好可憐。

然而，看著學長高大的背影逐漸遠去，釋懷不禁不合時宜地開始憧憬起有了錢，有了自由，有了學長之後的日子。他們會留在鹿阱市嗎？錢如果夠多，是否會想兩人去環遊世界？錢如果不太多，他們可以做個小生意，粗茶淡飯也很幸福。

那一刻，她居然開始有些感謝母親無意間撮合了學長和自己之間的姻緣。要不是母親入院，學長就不能幾乎天天都藉著探病的機會，和釋懷相處。正所謂近水樓台呀。釋懷在醫院陪媽媽，而剛巧學長就在附近值班。

～☼～

學長是急診部的醫生，整天整夜必須搶救那麼多病人應該很累吧，值班值到一半，還特意過來通知我她未婚妻的陰謀。

釋懷一陣感動，學長對自己還真是夠關心的，足以放下救人的工作不管。

而且呢，這個余琵琶也真是不小心，明知道鄭毅的工作地點和江素娘的病房靠得很近，一定會碰到釋懷，還先把自己的詭計先告訴鄭毅，難道不擔心他洩露天機嗎？

更或者，她正有此意？特意給鄭毅打電話，然後等他在釋懷面前把事情抖出來，好把釋懷逼到死角，預先投降。若是如此，那她就挺聰明的。

～✳～

咦，不對呀。學長為什麼說他沒回家？

釋懷清楚回憶起自己摔杯子的事發生在前一晚上，學長拉著未婚妻離開的尷尬神情，明明不是就對余琵琶說了：「我們先回家了吧，讓釋懷冷靜一下。」

鹿阩市政府為了防止醫護人員因為過勞導致醫療疏忽，因此嚴格規定，所有的駐院醫生都必須在值班兩天兩夜後回家休息一天。

學長肯定昨晚回家了，為什麼要騙說沒有見到未婚妻，只接到電話？

釋懷心裡一陣不舒服。這是她最不希望看到的，學長的真面目。

她安慰自己，其實學長有沒有回家，有沒有見到未婚妻，跟他來預先告知釋懷的事一點關係也沒有。關鍵在於學長明知未婚妻將要如何勒索釋懷，他心還向著釋懷，趕來通風報信。對此，釋懷是感激的。

只是呢，謊報自己值班沒回家，是一句潛意識想遮掩真相，卻毫無作用的謊言。這就是佛洛伊德所謂的「口誤」。這表示學長確實是想隱瞞一些什麼實情，而越是要隱瞞真相，就越容易露出馬腳。

再說，學長說余琵琶看見爺爺了。然而其實爺爺是在余琵琶離開三個小時後的中午時分才來到病房的。余琵琶在上午九點前，就已經把條件開給釋懷了，沒事的話，像她這種患有潔癖，一天到晚都在為自己的雙手消毒的人，是極不可能留在病毒和細菌肆虐的醫院裡閒晃三小時的。釋懷已經留意到，余琵琶過去幾次來醫院找釋懷，至少都會用完一小瓶消毒凝膠。因此她埋伏在醫院，只為了觀察釋懷，因而碰見釋懷跟爺爺對談的可能性不高。

反之，釋懷在送走爺爺之後，馬上就遇到鄭毅。以此類推，碰見釋懷和爺爺的人，揭發釋懷和爺爺關係的人，是鄭毅，而不是余琵琶。

想到這裡，釋懷臉上的笑容盡失。

會不會，更糟的是，這一整個「『食荒人』控告『69號公路』」的故事，是學長自己捏造的？為的就是助未婚妻一臂之力。釋懷和爺爺擁抱送別的一幕，來得可正是時候，為鄭毅的「故事」提供了最關鍵的連結。

如果真的如此，那麼就意味著，學長做的這一切，根本不是為了逼琵琶「交」出自己，而是為了讓未婚妻更感激，更愛自己。「江釋懷」這個人對於鄭毅，從來就不是一個「目標」，而只是一顆「棋子」。

十八

都是拾荒人

「什麼？你把 *Sauver®* 給賣了？」非凡大叫了一聲，釋懷能感覺到他的憤怒。

「還沒有簽約，你不肯的話，我去跟她說我改變主意了。」面對非凡，釋懷還是如此沒轍。

「不賣不賣。這可是我的點子呀，你怎麼連問都沒問過我一聲？」非凡指責著姊姊。

「確實是我的錯，我向你道歉。只不過一切來得太突然，我來不及通知大家。」釋懷內疚死了。這麼大的事，她本應跟非凡商量的。非凡看釋懷一臉愧疚，有些於心不忍，卻又堅決咬著釋懷的錯誤不放。

姊弟之間雖然經常意見不合，非凡也經常欺負姊姊，但是兩人感情深厚，誰也捨不得誰難過、受委屈。非凡自兩歲以來，江素娘因為無法說話，便將陪非凡看書、玩耍的責任交給釋懷。打從那時候，姊弟倆就建立起一個憑眼神知心事的超凡默契。因此，非凡以為姊姊會理解，設立*Sauver*®品牌對非凡來說，意義有多重大。

「你要知道，這種天才點子就只有我這種天才才能想出來的！你怎麼可以隨隨便便沒經過我的同意就把它給賣了！」非凡滿肚子火，眼看就快要哭了。這個弟弟就是這樣，憤怒到了極點，就會哭。釋懷覺得弟弟這一刻很可愛，因為這表示平時對什麼都漫不經心的他，是真的，真的很在乎*Sauver*®。

「完全同意。當初沒有你的概念，*Sauver*®也不會辦得那麼成功。」釋懷口吻裡滿是諒解。

「那你還賣？」非凡的眼淚已經流下來了，急急用右邊的袖子擦去，不讓人看到自己軟弱的一面，即使在自己親姊姊面前也不例外。

這麼多年了，釋懷已經摸清楚弟弟的個性，眼淚一流，身體裡的壓力荷爾蒙就會隨之減少，非凡的心情也會跟著快速平靜下來。

「因為媽媽還在昏迷，沒有廚師我們無法營業。」釋懷解釋。

「那再請一個廚師呀！」非凡說得輕鬆，回過神想想，又反駁自己的話：「不止一個，至少要請三個。但，這麼一來我們就沒有盈利可言了。」

釋懷見弟弟稍微冷靜了些，說：「是的，而且他們未必像媽媽那麼有創意，給什麼材料就做什麼菜。」

「那就停止提供『不固定餐點』，我們到供應商那裡去進貨，控制菜單，天天都供應同樣的餐點！」非凡的話脫口而出之後，馬上又反駁自己：「對吼，這樣就不是救濟被丟棄的食物了，就不是*Sauver*®了。」

「我們一段時間不營業，客人就會把我們給忘了。倒不如趁還有價值時，轉讓給別人。」釋懷將琵琶的話轉述給非凡聽。

「說不定媽咪會馬上好起來呢？」非凡雖然已經十八歲了，可是唸「媽咪」兩字時，還是有些奶聲奶氣的，暖到釋懷心坎裡去了。

「就算她醒過來，你忍心讓她再像之前那樣操勞嗎？捨得嗎？」釋懷問。非凡想了想，大力地搖搖頭，說：「當然不捨得。」

然後，他又接著問：「那麼是我害了媽媽的嗎？害她累到病倒了？」問完，伸手撫摸著還躺在病床上的母親的臉。對他而言，母親睡得很安詳，還是如往常一樣美麗，一點都不像個病人。

釋懷看著一臉關切的弟弟，也搖了搖頭說：「沒有人可以逼媽媽做任何事。要不然我們也不會找到馮大媽這裡。」他們母子三人當年怎麼到馮大媽這棟房子借宿的故事，非凡已經聽了無數遍，不需要再重複，非凡也會明白的。

「你還沒說買家是誰？我們認識的嗎？」非凡問。

釋懷苦笑了一下，回答：「認識，也不認識。鄭毅的未婚妻余琵琶。」

~ ✳ ~

「什麼！你的學長的未婚妻！」非凡又激動地大喊一聲，引來護士檢視。

「什麼？你的學長的未婚妻？你的學長有未婚妻？」非凡匆匆地向護士道歉後，用非常低的聲量重複了剛才那句話，只是這回，從驚嘆號的口吻轉成問號的口吻。

「是的。我懷疑是她唆使鄭毅來接近我的。」釋懷冷冷地告訴弟弟。

「不是吧！那我豈不是送羊入虎口？我真是糊塗呀，姊！」非凡又失控地叫了起來。護士這回沒有推門進來，只是狠狠地在門上敲了三下，提醒他們肅靜。

「還想聽更糟的消息嗎？」這件事荒謬得令釋懷開始覺得它更像齣鬧劇，開始笑了起來。非凡點點頭表示想聽。

「在桃子上噴灑殺蟲劑的美式餐廳是余琵琶家族開的。同天晚上也有三個孩子中毒。」釋懷把鄭毅給她的資訊轉告給弟弟。

「那我們為什麼不告他們？犯法的是他們！」非凡又叫了。護士這回連門都懶得敲了，轉而關上隔壁病房的大門。

「因為學長聲稱『69 號公路』餐廳外的閉路電視拍到爺爺、奶奶和爸爸三人，余琵琶會用這個勒索我，還說要是我不把*Sauver®*的經營權以低價轉讓給余家，琵琶恐怕就會到衛生部投訴，說我們撿別的餐廳的食物垃圾，做成料理賣給顧客。這麼一來，*Sauver®*就毀了。」釋懷說到這裡轉用凝重的神情說。

非凡聽著聽著，拳頭緊握得指關節都發白，眼看就要砸東西了。但釋懷看得出他那顆聰明的腦袋同時也正在盤算著、計算著什麼。

「我這個當弟弟的，是絕對不准許別人這麼對待我的親生姊姊的。勒索你？他們好大的膽子呀！」非凡眼神裡露出殺氣，令釋懷不寒而慄。

「故事還沒說完。」她溫柔地握著非凡的手，慢慢地將捏得老緊的拳頭一根手指一根手指掰開，然後把自己的手塞進去，慢慢地說：「我這個當姊姊的，也絕對不准許別人這麼對待我這個弟弟的。」

「人在哪裡？我去找他算帳！」非凡已經沒有心情聽故事了，他準備現在就去揍那個叫鄭毅的混蛋。

「我去找鄭毅，請他叫琵琶拿『69 號公路』閉路電視的視頻去衛生部投訴，說有證據顯示爺爺他們在別的餐館後巷拾荒，看看衛生部會不會相信*Sauver®*賣的都是別的餐廳丟掉的剩飯。」釋懷說著，開始有笑出聲的慾望。

「你不就怕這個嗎？」非凡不解為何姊姊會突然露出笑容。

「沒錯。但視頻就算真能清楚看見爺爺他們撿了桃子回家，又關 *Sauver®* 什麼事？鹿阱市又沒有規定普通市民不能『食荒』。就算他們來我們餐廳視察，也不一定查得出媽媽用撿回來的食物重新烹煮，再餵我們的客人吃。我們有供應商的收據和發票，他們根本沒有證據。」釋懷解釋。

非凡很少見姊姊說起話來如此鏗鏘有力，馬上做了一個欣賞的鼓掌動作。

「然後我告訴鄭毅，可是反過來看，『69 號公路』閉路電視的視頻裡要是真能清楚看見爺爺他們撿了桃子回家，加上母親口腔和胃部裡的毒素與桃子上的吻合，那麼我們就有了琵琶害我母親昏迷的證據。還有那三個孩子也中毒的事……我們可以將琵琶他們統統控上法庭。『餐廳害人中毒』應該會比『餐飲業者家屬在別人餐館後巷食荒』的刑罰來得嚴重很多吧。要坐牢的。」釋懷說完，終於憋不住，大笑了起來。

非凡也感染了姊姊的笑意，卻屏住呼吸，問：「那你還賣？」

釋懷終於成功將非凡的拳頭掰開，把他的手掌轉過來，向上，接著在上面擺上一張寫著「七百萬美金」的支票。

然後，她問弟弟：「換成是你，賣還是不賣？」

~ ✳ ~

鄭毅萬萬沒有想到當年傻愣愣、單純的顧釋懷，原來一點也不笨。

釋懷在佘琵琶揚言要買 *Sauver®* 的那個晚上就已經查詢了轉讓餐廳經營權的過程與售價。她算過，*Sauver®* 一個月的淨收入超過八萬美金，一年就已經將近一百萬。她也讀到，一般主題餐廳的壽命不超過五年，預計已經開了一年多的 *Sauver®* 的受歡迎程度頂多只能維持多三年，所以在機會成本上面，三百萬是最基本的價碼。加上註冊商標的轉讓一百萬，父母親的醫藥賠償各一百萬、封口費一百萬，七百萬美金其實一點也不多。

他們一家失去了一個辛苦建立、苦心經營，大家都引以為傲的主題餐廳。他們得到的是七百萬美金的現款。然而七百萬不也是小數目，就算再有錢的人也會感覺心疼，釋懷理應懂得感恩。

不過，「感恩」這種感覺釋懷最清楚了。被趕出家門的那一晚，流離失所的釋懷帶著不能說話的母親，還有調皮搗蛋的弟弟，幸運地來到了一家簡陋的麵館，吃到了一碗只有一點點肉屑，但熱騰騰的牛肉湯麵，遇到了一位面惡心善的馮大媽。他們從那個時候開始就明白，儘管不是最好的安排，也已經夠好了。

「感恩」這種感覺顧爺爺奶奶也不陌生。他們失去了一個辛苦扶養、苦心栽培的天才兒子，卻能在千里迢迢之外撿回一個身體完整，雖然精神健康殘破的兒子。他們從那個時候開始就明白，儘管不是最好的安排，也已經夠好了。

雖然口頭上從來不說，顧家的每一個人，感恩於在颼風的夜晚裡，能找到一個冷風吹不到的角落歇腳；他們感恩於飢腸轆轆的時候，都能找到好心的餐飲業者施捨的熱飯與食水；他們感恩於在最彷徨無助時，大可不打開大門接納他們，卻歡迎他們住下、收容他們的陌路人。這一些卻足以為顧家一家大小受盡委屈的軀體和心靈上蓋上一條暖和的被單。

那余琵琶得到了什麼？七百萬不是小數目，就算再有錢的人也會察覺到自己財產裡出現了一個窟窿。然而，他們銀行戶頭裡是少了七百萬美金，卻多了一個辛苦建立、苦心經營，大家都引以為傲的主題餐廳。除此，琵琶還撿到了一個她口口聲聲說不愛她，卻肯為她爭取 *Sauver®* 經營權的鄭毅，理應懂得感恩，理應懂得珍惜才對。

只是釋懷輸了。那個當年心理上想要佔有釋懷的學長，最終還是選擇了余琵琶。

~ ✳ ~

無論如何，這七百萬將能解決非常多的問題。七百萬是顧浩天之前住的房子的公開市價。

有了錢，他們一家就可以把房子給買回來。釋懷這些年都無法忘記母親被新屋主趕出來時，那一晚沒有聲音的哭泣。

有了錢，江素娘從此無須為了養家而如此沒天沒夜地工作，未來她愛煮什麼就煮什麼，想幹什麼就幹什麼，包括跟爸爸浪跡天涯。

有了錢，釋懷就能給母親找最好的治療師，醫好她的緘默症，給父親找最好的大夫、配最好的藥，讓他恢復從前的睿智與鋒芒。

有了錢，非凡就可以帶著他的姿姿到國外唸書，成為他命中本該成為的大人物。

有了錢，爺爺奶奶就可以捨得給自己買新的東西，贖回他們變賣的家當，安享晚年。

有了錢，釋懷就可以不必再扛起這個家，而是重返校園，去唸高中，去當個老學生，去認識一些新朋友，去談個姊弟戀也好。

可是她想到這裡，心底一陣涼。這麼多年放不下的那個人，這回終於沒有理由不放下了，還連恨的感覺都沒有力氣去維持了。

這真不該是兩個人初戀的下場，可它偏偏就是。你能拿它怎麼樣?

釋懷往銀行走去。支票一投，萬象更新。

~ ☀ ~

江素娘在病床上躺了整整一個月，背都躺出褥瘡來了，還是沒有完全醒過來。按照常理一個月了，毒素早該都已排出體外，中毒的內臟應該也恢復得差不多了。醫生找不出原因，只說是病人體重嚴重不及格，抵抗力和整體系統功能太弱，因此康復得異常地慢。

正當大夥兒都束手無策時，江素娘和顧浩天似乎像約好的一樣，在同一天突然病情好轉。顧浩天意識清楚，暫時沒有怪異的言行和想法。江素娘目前人已經清醒，大部份症狀也消失了，只是因為她的腸胃細胞受到毒素影響，暫時還不適合進食，手腳的肌肉也因為缺乏活動而萎縮，還不能下床走動。

顧浩天的主治醫生經過了屢次實驗，終於為他找到了正確的藥劑。新的藥量能控制顧浩天的幻覺，副作用也被降到最低。就在江素娘醒來的那一天，顧浩天奇蹟般獲准到妻子的病房探病。

就在父親推開房門進來的那一秒鐘，釋懷看到了母親的眼睛突然亮了起來，而父親則激動得開始顫抖。兩人相擁而泣，不斷地撫摸、親吻對方的身體和臉龐。如此珍貴的一幕，看得在旁把關的釋懷都感動到淚流不止。

非凡和爺爺奶奶則在一旁笑得見牙不見眼，因為幸福，也因為釋懷的哭相很醜。但這等了好久，終於回來了的幸福感，釋懷卻不能和心裡住著的那個人分享。她下意識地望了望病房外的走廊，那個人始終沒有出現。

~ * ~

「如果在醫院裡再度碰到學長，我還是會跟他打招呼的。」釋懷已經不知道對非凡說了多少次。她這句話，是真心的，但非凡不同意，每一次都露出個拳頭的手勢，示意想揍人。

愛情沒有了，但回憶如此美好，丟棄了太可惜。畢竟鄭毅學長是她生命中第一個，也是至今唯一一個還能左右她的情緒的男人。只可惜，釋懷自從向余琵琶開出七百萬美金叫價的那一天之後，就沒有再見過鄭毅。

會不會是因為我獅子開大口，要了七百萬，所以學長誤會我是個拜金女，所以躲得遠遠的？

釋懷在心裡反覆地想，想知道答案。終於，她忍不住到急診部跑了一趟，才得知鄭毅拿了婚假後，還緊急再拿了兩個月的無薪假期。不用猜也知道，是為了避免再見到釋懷。

又是一個「此地無銀三百兩」的舉動。不是說*Sauver*®轉手成功了，鄭毅就能在婚後的一個月內恢復自由身了嗎？那鄭毅有什麼好躲的？除非，勒索釋懷的人是鄭毅，不是余琵琶。

看過了鄭毅學長的一場「賣力演出」的釋懷，終於肯承認，表面上越完美的人，感覺上越完美的愛情，裡頭就越可能是殘缺不堪的。

～※～

田姿姿的運氣要稍微比江釋懷好一些。在她眼裡，顧非凡就是那個近乎完美的男生，而他們的感情也近乎完美。交往快一年了，兩個小鬼的小日子過得依然充實，充滿了笑聲。雖然非凡比姿姿小一歲，行為有時也幼稚、魯莽，但或許因為自小就目睹母親和姊姊過的苦日子，性格本質還算是穩重、懂事的。姿姿也因為非凡的關係，變得更善良、更善解人意。

因此當非凡帶田姿姿回家，她第一眼就認出顧爺爺和奶奶時，她有辦法克制住自己訝異的情緒，忍住不拆穿兩個老人「食荒人」的身份。他們就是一年前在「食一」撿肉末番茄醬汁細扁麵條吃的老爺爺、老奶奶。她不肯定非凡一家人是否知道老爺爺奶奶不算風光的過去，畢竟他們家開的是一家高級餐廳。

倒是顧爺爺見到姿姿之後，先是一愣，再抓住了老太太的左手，情緒激動地喊道：「就是她，就是她！老太婆，這就是每晚都在義大利餐廳後門派食物餐盒的小女孩！快來說謝謝！」說完，便拉著奶奶快步地跑到田姿姿的面前，握著她的雙手，不停地道謝。

然後顧爺爺又轉向非凡說：「非凡，就是她！我跟你說過的！我們沒有東西吃的時候，就是她送飯盒給我們的！」

還未來得及介紹姿姿給大家認識的非凡，站在一旁，嚇傻了。鹿阱究竟是有多小，人這麼多，偏偏要讓送剩飯的女朋友，跟自己撿剩飯的爺爺奶奶，在同一家高級餐廳撞個正著？

「她知道我們循環使用別的餐館的熟食的事嗎？」釋懷趁

姿姿跟爺爺敘舊時，低聲問非凡。

「我沒有說。她只知道爺爺和奶奶帶著爸爸流浪到鹿阱這一部份的故事。」非凡靠在姊姊耳邊很小聲地回答。

「他們在我們開*Sauver®*之後就沒有再見面了嗎？」釋懷問。

「肯定沒有。因為我們*Sauver®*開幕之後，田姿姿每個晚上的時間和空間，都被一個叫『顧非凡』的帥哥，也就是你弟弟我佔去了，沒空派餐盒。」非凡得意地說。

~ ✳ ~

「帥哥？還在那裡臭美？」田姿姿走過來時聽到了這兩個字時，甜滋滋地嘲笑著非凡。

「誰？」爺爺回過神問。

「說我們孫子我們非凡咯。」奶奶從不錯過任何一個誇獎自己寶貝孫子的機會。

顧爺爺不顧奶奶的反應，滿臉喜悅地問非凡：「你們怎麼會認識的，怎麼會帶她來這裡的？」

「爺爺、奶奶、爸爸、媽媽。這是姿姿，她姓田，是我的女朋友。」非凡鼓起勇氣，但依然戰戰兢兢地宣佈。他屏住了呼吸，心裡已經做好最壞的打算。爺爺奶奶肯定會不贊成的，畢竟姿姿看起來太過另類。

「太好了！這個女孩子好！這是個好姑娘！我們非凡真是好

眼光！」出乎意料之外，顧爺爺竟然自顧自地拍手贊成，每隔幾個字就是個「好」。

若連顧家老爺都舉手贊成了，顧奶奶就算有什麼異議，也不敢提出來。

非凡原本還在擔心姿姿會因為外型而被爺爺奶奶嫌棄，沒想到這麼容易就過關了，笑得雙眼呈月半彎形。

「是的。顧爺爺好、顧奶奶好！我叫田姿姿，正在和你們的孫子非凡正式交往。伯父、伯母、釋懷姊你們也好。」終於輪到姿姿發言。

「好有禮貌的孩子！好！爺爺和奶奶都很好！」顧爺爺還在高興。顧奶奶聽聞對方的身份之後，相較之下，明顯比丈夫的態度冷淡許多，看樣子大概對田姿姿還是有哪裡不太滿意。

「喔，我這頭髮會在開學前染回黑色的，不會一直是綠色的。」姿姿見著奶奶的表情，趕緊解釋。「刺青我也會用衣服遮住，老師看不見的。」

「對了，說到開學。開學姿姿就和我同校了。」非凡將姿姿拉到身邊，握住她的肩膀說，擺明想將眾人的注意力從姿姿的外表上移除。

「那太好了，這樣非凡就可以在學校見到你，就沒有藉口不回家了。」釋懷酸溜溜地調侃弟弟，斜著眼看他。

「喔，釋懷姊，都是我不好，之前霸佔非凡太多時間。因為要從國際學校轉唸鹿阱市的大學，我需要通過三個考試才可能被錄取。非凡為了不讓我的進度落後，每天都積極地為我補習。」

「幸虧你女朋友會做人。」釋懷用脣語對弟弟說。「不然你就死定了。」釋懷比了一個「揍人」的拳頭，非凡則吐了吐舌頭，回敬了一個「勝利」的手勢。

~ ☀ ~

Sauver®的轉讓合約書上清楚寫著，釋懷必須在三個月內結束在「馮大媽」舊址的營業。余琵琶家族在鹿阱市的正中央租下一棟兩層樓，可容納至少一百名客人以上的店面。裝修進度神速，聘請到的廚師更是神級。

釋懷應余琵琶的律師要求，到餐廳的新地址參觀。

這才是名副其實的「高級餐廳」。

釋懷一邊聽律師介紹，一邊欣賞裝修商的傑作，沒有一點怠慢，更沒有一點隨便。新餐廳會延續使用向批發商和農場購買外觀不合格的食材的作息。這個余琵琶果然沒有辜負釋懷一家當年的苦心。

只是令釋懷失望的是，新址的*Sauver*®桌椅、餐具、燈飾等都是全新的，和他們「舊物重用」的環保概念一點關係也沒有，雖然當時釋懷也不是故意為了「環保」才決定使用馮大媽留下的桌椅。當時她也是為了節省開支，才和母親二人漏夜為十四把椅子塗上新漆的。

「余小姐交代要請江小姐試吃幾道新餐廳的料理，徵求您的意見。」律師給在一旁站了許久的侍應生打了個招呼。

那個侍應生曾經是我。

釋懷這麼想。這將是她人生第一次坐在高級餐廳的座位上，等人伺候。

～☀～

「『故事懷』！」一把熟悉又帶一點陌生的聲音偏偏這時傳進了右邊耳朵。在為釋懷倒咖啡的侍應生被突如其來的聲音嚇著，差一點就失手，所幸她反應夠快，沒有弄髒釋懷的衣服，倒是釋懷自己被嚇著了，把紅酒濺到自己身上了。

「『故事懷』！真的是你！」對方重複叫著釋懷的名字。釋懷的心跳節奏驟然像脫了軌的火車一樣，全速加速。她戰戰兢兢地回過頭，果真是快三個月沒見的鄭毅學長，正對著自己咧開嘴笑。

學長呀學長，你今年都快三十一歲了，頭髮、睫毛怎麼還是那麼濃密？顴骨怎麼還是這麼高？身體怎麼還是這麼挺直，這麼帥氣？然後，江釋懷你呀你，學長的出現，你的陰霾情緒怎麼就一掃而光，忍不住想傻笑？發生了那麼多事，怎麼江釋懷你還是那麼不爭氣？

釋懷在心裡頭思量著。

～✳～

「哇！嗨！學長！你怎麼會在這裡？」驚喜歸驚喜，釋懷見到學長身穿著西裝，而自己身穿著染著紅酒印記的衣服，開始不好意思起來。

「你在這裡工作嗎？」學長問道。「鄭毅你這個人怎麼老愛說廢話嘛，人家穿著制服當然是在這裡工作啊。」學長故意重複著兩人初次在*Sauver*® 見面時說的話。

「嗯……是。」釋懷見學長在戲耍，也假裝地整理著衣服，可是臉紅得像布料上面沾到的紅酒印一樣。「您來這裡用餐嗎？」釋懷也重複了那天同樣愚蠢的問題。

「不，我是來這裡上班的。嗯，算是吧。」鄭毅聳聳肩回答。

「而我，是來這裡用餐的。」釋懷見學長沒有繼續胡扯下去的心情，也就跟著正經八百起來。

「我知道。是我安排的。」學長告訴釋懷。「我希望你能看到我們有努力把你們賦予食物第二生命的精神發揚光大。」

「我看到了。謝謝您。」釋懷發覺自己刻意用了一個「您」字，企圖拉遠兩人的距離。「不過……我一直沒在醫院見著『您』。」

「是。我緊急休假了。」學長臉微微地泛紅。「事情是這樣的。琵琶她害喜得特別厲害，孕吐個不停，我請假在家陪她。」

釋懷原以為對學長的感情已經摺好收進貼上「回憶」標籤的大腦抽屜，可是聽到這樣一個消息，眼前還是不免一陣天旋地轉。

「恭……恭喜你們啊。」釋懷弱弱地祝福著。「這麼快，不是說結婚一個月後才找人工受孕的嗎？」她問，可她其實一點也不想知道答案。

「不是人工受孕，是自然的。蜜月頭兩天，琵琶就懷上了。」鄭毅臉紅得像顆番茄。為了化解尷尬，他繼續說：「是新鮮供應的啊，不是冰凍的。呵呵。」

琵琶魚不是說自己不向往婚姻生活嗎？不是說沒興趣生孩子嗎？不是說要放人的嗎？

釋懷心裡萌生了受騙的感覺，但她不許自己露出任何一點不開心的表情，努力用隱形的線勾住了雙頰的肌肉，把嘴角往上拉。再拉，對，再往上一點，嗯。可以了。

「哇，原來你是真漢子！有沒有掃描照片，看一下？」釋懷用手推了學長的肩膀一下，假裝像個哥們一樣，在真心替他開心。鄭毅被釋懷突如其來的舉動嚇了一跳。但他很快地就穩住陣腳，亮出手機，把胎兒的掃描照拿給釋懷看。關於三維彩超，釋懷一點也看不懂，也不想看，卻咬緊牙關聽鄭毅滔滔不絕地描述余琵琶的種種害喜症狀。

過得了這一關，你就所向無敵了，江釋懷。

釋懷勉勵著自己，雖然她很清楚自己胸口的心，已裂成千萬個小碎片。其實一次徹底的心碎是還好，碎了就跳不動了。問題是她能預計這些尖尖小碎片在接下來的幾個月、幾年將不停地、不定時地刺痛自己，造成千萬個流血不多，但又痛又癢的小傷口。

十四道精緻的料理，十四種精心調配的風味，但落在釋懷的味蕾上卻只給了她的大腦又苦又酸又冰冷的感官刺激。沒想到，伺候別人多年，第一次被別人伺候，卻竟是一場最折磨人的盛宴。

~ ☀ ~

回去的時候，釋懷忍不住望了望 *Sauver®* 新址的後巷，想像著他們將怎麼處置賣不完的食物：哪裡適合擺放熟食餐盒？哪裡適合擺放冷藏的生食？哪裡適合擺放客人吃剩的殘羹？「食荒人」可有足夠的活動空間？然而，這疑問也只佔去釋懷大腦一個小角落。其他的空間都被學長要當爸爸這件事佔滿。

鄭毅學長說他和余琵琶的孩子不是來自於他冰凍的精子，而是新鮮供應的。但依我看來，他們兩人的感情更像是剩飯。是沒有人能吃，或應該碰的剩飯！

釋懷越走越快，這段感情她終於不要，也不能要了。

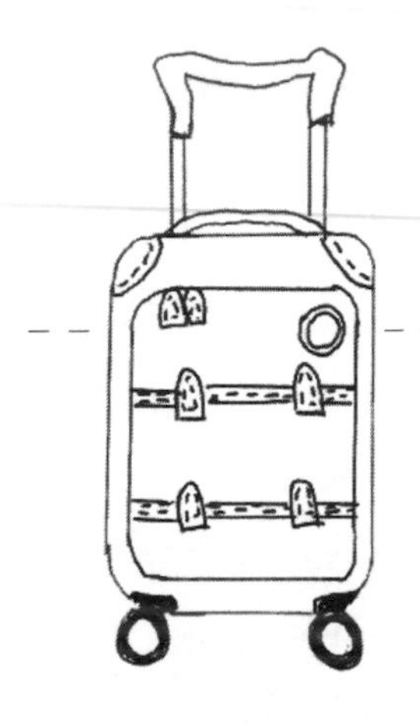

你們都要好好的

「『你們都要好好的』，是我媽臨終時對我爸爸和我說的最後一句話。」田姿姿在顧家其中一次家庭聚會上這麼告訴大家。「以前我總覺得那是我媽的心願，現在我爸跟我都明白了。這句話不只是她的心願，也是我們的責任。」

七個人的晚餐，總會有一個人對面是個空位，那個人永遠都是釋懷。爸爸對媽媽，爺爺對奶奶，非凡對姿姿，釋懷……一個人。她騙說這樣比較方便她到廚房裡盛湯添飯，不會打擾到對面的人。但其實她清楚的，大家都一對對的，沒必要拆散他們。

釋懷自小以來就是個異數。父親不在的時候，母親的心掛念的，是非凡。現在父親回來了，母親和他配成對，非凡有了姿姿，而爺爺有奶奶。自己對面，誰都沒有。

她喜歡這樣的安排，坐在四張小桌湊成的長桌的最尾端。反正她很難投入眾人的話題，稍微不合群是個必然現象。釋懷很難投入話題，也不想投入話題；她很難合群，也不想合群。因為目前的她，還沒準備好。

但要如何才能「準備好」呢？人應該怎樣才能從情傷裡「準備好」？是在天天無所事事中不斷地戳弄傷口一直到潰爛了，才得以死而復生？還是用忙碌的步調岔開自己的注意力，讓一顆心在不知不覺中痊癒？想到這裡，答案已經揭曉。

「我覺得我們應該為我們的熟客辦一個告別會。」釋懷突然站起身，用湯勺敲著酒杯對大家提議。

~✳~

江素娘出院已經有超過兩個月的時間，但之前身體尚未完全康復，血壓太低，站久了會頭昏。於是顧爺爺自告奮勇，聲言全家三餐都由他包了，要江素娘好好養病。顧奶奶心疼老爺子辛苦，過不了兩天便也繫上圍裙，加入爺爺行列，幫忙燒菜。

釋懷對吃的並不挑剔，認為兩位老人家手藝不錯，就只是味覺差了點，不夠靈敏，因此做的菜時而太淡，時而太鹹。倒是嘴挑的非凡吃不慣，寧願一有空就往「食一」跑，畢竟田爸爸說什麼都是大廚一名，烹飪技巧自然比一般人的高明幾倍以上。

江素娘即使躺在床上也不讓自己閒著，腦子裡不斷地盤算著該如何改良原本的一些菜譜，如何將一些剩下的食材轉化成新的料理。終於等到江素娘完全康復的那一天，餐桌上又多了許多新的菜式，家裡的伙食水平更是提升了不少。

江素娘表示，這次的告別會，她一定要全力以赴，多加練習，絕對不能愧對過去二十個月以來，客人對她的信任與愛戴。於是釋懷和母親又恢復了凌晨四點鐘，開著她們的二手橘色小貨車，到批發市場去，為因長得難看而即將被丟棄的食材投標，然後上午九點半再爬起來準備晚上所須的食材的常規。

日子就定在*Sauver*®開幕兩年，也就是離*Sauver*®新址開幕只有兩個星期的那一天。

~✳~

非凡在姿姿的幫忙下，製作了一些電子海報和其他宣傳材料，告知曾經登門造訪的客人們，位於鹿阱郊區的*Sauver*®將搬遷到鹿阱市中心，並宣告餐廳主題概念相同，但團隊是全新的，江素娘將不再為大家掌廚。宣傳資料裡還邀請客人們來參加道別會，最後一次品嚐江素娘的手藝。

反應比預期中的熱烈，釋懷決定將這一天告別會辦成一個熱鬧派對，並將樓上房間裡所有的椅子都搬出來，還另外租了好多桌椅和餐具，擺滿馮大媽房子兩側的草叢、後院，甚至前面的馬路上。同樣不提供酒水，同樣十四道菜，只是這回，十四道菜標榜著是江素娘的家常菜，並以自助的方式呈現，由釋懷、非凡、姿姿還有小唯四個年輕人負責招待貴賓。

微涼的秋天，沒有人流汗，受邀前來的上百位客人，沒有抱怨，輕鬆歡愉的氣氛中，瀰漫著一絲絲的不捨。今晚之後就再也吃不到主廚精心炮製的料理了。

江釋懷望了望今天的菜單，心裡一陣驕傲。母親真是不負眾望，菜單簡直就是一首由接龍遊戲組成的詩篇：

餅乾魚子醬

醬青瓜土豆沙拉

拉麵吉事果

果凍檸檬蝦

蝦醬雞排

排骨芋頭酥湯

湯包

包菜卷花肉

肉汁燜豆乾

乾辣椒香茅蒸魚

魚頭豆花粉條

條頭糕沾蜂蜜

蜜橙布丁

丁餅

更令釋懷佩服的是，這些從批發商買回來的食材，沒有一點是被浪費掉的。比如一條魚可分蒸魚片和魚頭豆花粉條兩道菜來煮；蒸花肉可以做包菜卷，流下來的滷肉汁被用來燜豆乾；排骨湯的肉碎和肉汁被用來做湯包；豆花粉條和條頭糕共用糯米粉；丁餅和盛魚子醬的餅乾除了香料不同，基本上一個作法；外觀不漂亮的拉麵吉事果砸碎了，被用來裹炸雞排……所有食材被充份利用，沒有一點浪費。

江素娘在上最後一道手工甜點之後，走出廚房和客人們一一握手道別。許多光顧過 *Sauver®* 好幾次的客人都驚訝於這個小小身軀所散發出來的巨大能量，有種相逢恨晚的感覺。今晚之後，他們就再也沒有到郊區來吃飯的理由了。

～⁕～

Sauver® 的招牌燈終於熄了，但餐廳的燈還是亮著的。熱鬧的告別會結束後，大家都累壞了。小唯和妾妾草草地幫忙把場地收拾完畢之後，便在非凡的陪同下離開了。顧浩天把江素娘公主抱回房，留下顧爺爺和奶奶幫忙釋懷打掃。非凡已經把租來的桌椅疊好，放在車道等出租公司來取，借來的餐具則得明天一大早就還回去，所以三人必須把殘羹先清理掉，然後在午夜前就用洗碗機洗好、吹乾。

顧爺爺趁剛剛盛宴時小睡了一覺，精神和心情都特別好，一邊掃地一邊吹口哨。顧奶奶就比較沉默，似乎有心事。

「奶奶，怎麼了？」釋懷雖然和奶奶處得不好，但關心還是有的。

「沒事。」老太太搖搖頭，拿著拖把走開。釋懷追上去，卻被爺爺拉住了。

「別理她，老是愛想東想西，無理取鬧。」爺爺瞪了老伴一眼，冷冷地告訴釋懷。

「什麼無理取鬧？你敢的話，你問她呀！」奶奶突然一陣無名火，對爺爺發飆。釋懷一頭霧水，站在一旁不知所云。

「好！我問。釋懷，你奶奶今早看見你從馮大媽房間找出一個大行李箱，又看見你中午時候在網上搜尋機票的價錢，她想知道你是不是想趕我們走了？」爺爺微笑著問孫女，似乎很肯定自己的孫女是絕不會這麼對自己的。自從那次在醫院病房裡交心之後，顧爺爺和釋懷的關係有了大躍進，成為無所不談的聊天對象。看到什麼好吃的，總會給對方留一份。

「我是看，你爸媽病情都好轉了，不需要我們了。你是不是對我們感到厭倦了，想趕我們走？」奶奶躲在爺爺身後壯膽，責問釋懷。「尤其你現在那麼有錢了。」

「釋懷，告訴奶奶，你狠得下心嗎？」爺爺依然笑咪咪地問，看得奶奶肚子裡火山馬上就要爆發了。

釋懷聽了兩老的問題，哭笑不得。但她決心不輕易放過奶奶，故意調侃她一番：「機票只買一張，你們兩個坐一個機位，半價。而且是飛往歐洲的，你們不會說他們的語言，準備餓死吧。」想不到玩笑開大了，顧奶奶聽了，眼眶都紅了。釋懷看得也有點想哭的慾望。

說實話，相處了這麼久，奶奶居然還會把釋懷想成一個忘恩負義的傢伙，這讓釋懷有些難過、有些委屈。歡愉的日子，不應該被憂傷的氣氛破壞，釋懷決定假裝哈哈大笑起來，掩飾自己的心酸。

「爺爺奶奶，你們真的覺得我江釋懷是一個這麼鐵石心腸的人嗎？」她問。

兩個老人一個搖頭，一個點頭。

「你們誤會了。機票是給我自己買的。我需要離開一陣子。」

~ ⁕ ~

釋懷原以為為 *Sauver*® 辦一個告別會，會耗盡她所有的精神和精力，這樣她就會累得沒有力氣再去想學長和自己的事，沒有力氣再去想自己的事。

可偏偏因為這次的晚宴是一場告別會，全家上下都自動自發地前來幫忙，沒有一個人閒著，連釋懷份內之事都被搶光了。

非凡和姿姿負責宣傳、售票和座位安排的事宜；爺爺奶奶幫忙上菜市場買食材、準備材料；父親因為廚藝不精，就負責場地佈置和維修的工作；連籌夠錢就快要到別的城市去唸碩士的小唯，也自告奮勇前來燙桌布、洗碗碟，不問酬勞，當作告別的禮物；母親自然就是策劃菜式和練習燒菜這一塊。就連姿姿的父親田大廚也都不請自來，和江素娘討論菜單，更是大方借出「食一」餐廳備用的餐具和桌椅。

大家都來幫忙，可惜對江釋懷來說，更像是幫倒忙。

因為這麼一來，釋懷就變得無所事事，天天在餐廳裡晃來晃去，像個遊魂似的。

這個餐廳，這棟房子，釋懷熟悉它的每一個角落：每一根柱子、每一道門窗、每一盞燈，每一張桌椅、每一個裝飾，每一個角度。她能清楚記得學長喊她的名字時，光線是被哪一扇窗戶玻璃折射回來，照在他俊俏的臉龐上的畫面；她能記得他坐的是哪幾張椅子。更糟的是，她連當天餐廳瀰漫著什麼味道，都記得一清二楚。

若如此微小，如此不重要的細節都能被自己記得一清二楚，她該要如何完整地忘卻一個人，那一個佔據她整個青春記憶和一整顆心的人？

離去，是唯一的辦法，就算有可能會回來，就算有可能回不來。

「爺爺奶奶，你們可不可以先幫我保密？等我問過我媽再決定？」

～✳～

這個秘密，顧爺爺守得好辛苦。每一次看釋懷拿外套或者上網，都像驚弓之鳥似的，從椅子上跳起來，快快走到她身邊悄悄地問：「你要走啦？」讓釋懷覺得又好氣又好笑。

「還沒，錢的事我還沒解決。確定要走時，一定會跟大家說的。」釋懷向爺爺保證。

確實，錢的事情還沒解決。這也是令釋懷特別煩惱的一件事。

七百萬怎麼分？分多少份？七個人一人一百萬嗎？可是每個人的貢獻不一，每個人的貢獻不同。

顧浩天是一家之主，對管理如此龐大的金額有一定的經驗，可惜他精神狀況不比其他人好，也有隨意轉讓公司和資產的前科，將這筆鉅款交給他，不是明智之舉。

創辦 *Sauver®* 的點子是非凡想出來的，將品牌打響的，也是他。然而這小子才十九歲，就算只給他七百萬元的一部份，對於一個未踏出社會就變成百萬富翁的小鬼來說，未必是一件好事，只會養成他好逸惡勞的惡習。

要不是江素娘的手藝和創意，*Sauver®* 擁有再好的概念，也不可能夜夜都客滿，座無虛席。要不是她日夜忙碌，沒有一刻休息，把生命都注入在這家餐廳的料理中，食客們怎麼可能願意為了一頓飯而等上好幾個月的時間。然而母親心太軟，又容易受騙，這一大筆錢交給她管理，也遲早會被人坑走的。

把錢交給爺爺奶奶，不是不行，但釋懷知道的，奶奶始終不認江素娘為自己的媳婦。若把錢交給他們，母親很有可能會再度被趕出家門。到時，馮大媽不在世了，自己也不在她身邊了，誰來拯救母親？

目前最有資格管好這筆錢的，就只有釋懷一人。可是要是她要把錢留在自己名下，萬一家人需要用錢她就走不了了。若想離開，她就必須解決這一件快樂但煩人的事情。

最後，解決方式依然還是顧非凡先冒出來的點子。

「這還不容易，設個基金會，把錢存起來。」非凡一整晚都在看手機，釋懷還以為他在玩遊戲，原來是在查資料。

*

「我們還要開餐館嗎？」釋懷趁兩老睡著了，坐在父母親身旁問。

顧浩天摸了摸妻子瘦弱的手臂，鐵定地搖搖頭：「我不讓你們開。你媽太辛苦了。」江素娘望著丈夫的表情，有些驚訝、有些失望，卻又有些感動。她微笑著低下頭，弱弱地聳聳肩，表示自己沒有意見。

「可是我知道媽媽喜歡做菜。」釋懷相信自己對母親的解讀是正確的。果真，江素娘把身子挪到顧浩天背後，對釋懷點點頭。

「做菜卻不能開餐館，好難。我想想。」釋懷說，但她其實一點頭緒也沒有。

~✳~

「三個孩子才賠了一千塊！豈有此理！」田姿姿跟非凡同一副德性，喜歡毫無預警地就推門進來。「有一家『食荒人』吃了『69號公路』的後巷的水果，結果中毒，控告那家餐廳卻只賠了這麼一點點錢。連醫藥費都不夠付。」

江釋懷很清楚那家「食荒人」索賠很少，是因為他們沒有證據證明他們是因為吃了「69號公路」的水果而受傷害的。這家人應該也不太懂法律，否則就能要求「69號公路」出示閉路電視的影像。

「請不起律師就只能吃啞巴虧！」非凡忿忿不平，腳卻被釋懷狠狠地踩了一下，瞪了他一眼。

「你是在說媽媽嗎？」

非凡也狠狠地瞪回了釋懷一眼。

江素娘在旁擺擺手，做了個「不要緊」的手勢。

姿姿並不知道江素娘之所以會在醫院住了超過一個月的時間，正是因為她在同一晚吃了同一家美式餐廳後巷丟棄的桃子。她只知道，當地政府因為這一起「中毒事件」，決定全面禁止鹿阱市所有的餐館在打烊後於後巷擺放賣不完的食物。這樣就能避免業者因為一時不小心，令毫無戒心的「食荒人」或流浪的貓狗因吃到不乾淨的食物而生病，甚至死亡。

這麼一來，鹿阱市無數個「食荒人」將重新被打回三餐不繼的困境。餐飲業者則因為政府原本施行的為「食荒人」提供熟食的扣稅計畫被取消，不再有將熟食、生食和殘羹裝盒、歸類的動力，而是將所有的食物全丟在大垃圾箱裡，然後上鎖。這麼一來，大家都回到無故浪費食物和資源的惡性循環裡。

鹿阱市政府為了幫助「食荒人」，給他們定時分發救濟金。然而官方有所不知的是，城市裡的物價持續高漲，微薄的救濟金根本買不到太多，或者有營養的食物。好一些「食荒人」，最後都挨著餓，苟且地過日子。

真令釋懷咬牙切齒。余琵琶家族旗下的那家美國餐廳為了省點小事，讓整個原本健康的環保生態倒退了不知道幾步。

～＊～

「我們每個月的開支多嗎？」非凡沒搭理姿姿，突然對著釋懷問。

「如果不包括你的學費，我們六個人粗茶淡飯，過去一年賺的錢可以維持好幾年的伙食。」釋懷從不會放過諷刺弟弟的機會。

「在我的教育上花錢，叫作長遠投資，知道嗎？」非凡早就準備好答案，不假思索地頂撞回去。「還有一種投資，叫作『投資基金』，但我覺得你們大概沒有什麼冒險精神。還是算了。」非凡邊看手機邊說。

「基金？」江釋懷突然靈機一動，說：「好主意！不如我們先領出一些接下來幾年的生活費，其他的來設立一個慈善基金吧。利用基金會裡剩下的幾百萬來『錢生錢』！」家庭會議進行到現在，終於有了新的發展。

聽釋懷這麼一說，滿腔熱血的姿姿舉起雙手表示贊成。

「『食荒人』沒有東西吃，我們來給他們東西吃！」非凡第一個建議。釋懷看著弟弟，心裡一陣欣慰。沒想到這從小飯來張口，錢來伸手的小子，原來不是個沒心沒肺的孩子。

「開餐廳嗎？」釋懷問著，然後靜觀母親的雙眼亮起。母親真的好喜歡烹飪。

「他們都沒錢，用什麼跟我們買？」非凡問釋懷，然後繼續提議：「我們不賣，我們送。」

「那麼多『食荒人』！開玩笑！」釋懷覺得荒謬。「隨便說，一個晚上五十個人，就算我們有一座金山，一年下來也會被吃垮了。」

「那我們怎麼辦？」姿姿拉了一把椅子過來，湊熱鬧。她突然興奮地尖叫了一聲：「我知道怎麼辦了！」大家都被她的叫聲嚇了一跳。

「政府規定我們餐館不能在後門留食物給『食荒人』，但沒有規定餐館不能直接送食物給他們。」姿姿還在亢奮狀態。「你們不是有小貨車嗎？你們每一晚在打烊之前到每一家餐廳去收集他們賣不完的餐點或用不完的食材回來這裡不就行了嗎？」

「真是個聰明的女孩！好主意！」非凡豎起大拇指，還在姿姿的臉上狂吻了一番。

姿姿掙扎著推開非凡的臉，氣喘吁吁地說：「你們可以從『食[illegible]』開始，我們會幫你們傳話，到時一定會有更多餐館加入的！」

「這下子我們就是『慈善機構』了！」顧浩天表面上很鎮定地說，但看得出他也很興奮。江素娘擔心他受到太多刺激，主動建議帶他回房休息。臨走前給釋懷一個手語：「房子是你的，你認為呢？」

「我認為，我們應該為這棟房子起名為『食荒人』！」江釋懷站起來大聲宣佈。

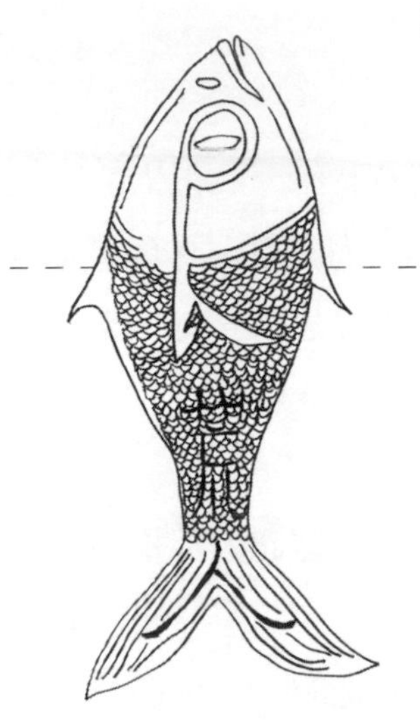

一尾新鮮的三文魚

江釋懷這才發現其實自己天生傲骨，沒事總喜歡跟人唱反調。或許壓抑久了，終於來到臨界點要爆發了。她所開辦的「食荒人」慈善機構旗下的「食荒人」食堂，選在余琵琶的 *Sauver*® 同一天開幕。兩星期內能搞定「食荒人」食堂開幕的事宜，還多虧了田爸爸的脈絡與指點。

「食荒人」是個聯合全鹿阱市兩百多家餐廳，專門給三餐不溫飽的「食荒人」提供熱食的慈善機構。它的前身，是最近惹上官司的余家所收購的 *Sauver*®。

顧非凡發揮了自身的魅力，召集了鹿阱市還有海外的重要媒體來報導這項慈善計畫，反應空前絕後，佔了不少報章和新媒體頭版，而余家的*Sauver*®則幾乎無人問津，只博得一個小小版位：「余氏高價收購的*Sauver*®今天於鹿阱市中心開張。」

鹿阱總共有三四百家餐廳，但有一半的餐館選擇不參與「食荒人」計畫。這些餐館都是余家旗下的，包括新的*Sauver*®，說是擔心會洩露商業機密。

「其實不參加也好，免得又搞出個毒桃子來。他們的店，我們繞過去就算了。」釋懷囑咐爺爺和爸爸。

顧家添購了多一些二手桌椅，還有多一輛二手小貨車，一部給自己爸媽開，一部給爺爺奶奶開，讓他們全鹿阱趴趴走，收集各大小餐館直接捐出來的熟食。江素娘每天也會預先準備一些熱食以防收回來的食物不夠時，每晚上門來吃飯的「食荒人」還是填得飽肚子。

顧浩天、顧爺爺和奶奶其實對環保或者慈善一點概念、一點興趣也沒有。釋懷也認真地問過他們，是否想領走一部份賣*Sauver*®的錢，回老家養老。爺爺奶奶想了一晚上，對釋懷說：「你媽肯定不肯走，那你爸也走不了。我們回老家又不知道要幹嘛，還不如在這裡做點有用的事。」釋懷也明白，他們大概是捨不得顧浩天和非凡。

另外釋懷也通過基金會，設立了助學金，每年頒發給幾個和曾經的自己一樣，為了生活必須輟學的孩子。希望他們不要像自己一樣，快三十歲了，連中學都沒畢業，一無是處。

～☀～

「施比受來得幸福。」江素娘常提醒釋懷。

「可是當你半輩子都在付出最好的自己，得到的都是別人給剩的東西時，你會不會開始懷疑自己是個傻子，還是拾破爛拾上癮了？」釋懷反問母親。

「是媽媽對不起你，媽媽現在完全康復了，讓我好好補償你。」江素娘用手語對釋懷說。

可是釋懷搖搖頭，回答道：「不用了，我都這麼大了，用不著誰來照顧我。」

江素娘緊接著問：「離開，是不是因為想忘了那個你稱他為『學長』的男生？」

釋懷點點頭，卻又馬上搖搖頭，說：「不走出去，我就不會遇到別的人，就沒有人來製造新的回憶，取代他給我的回憶。」

你小說看多了，跟媽媽說這些她哪會聽得懂？

釋懷取笑自己。出乎預料，江素娘回應：「我明白，所以這麼多年我一直忘不了你爸。」

「還好爸爸只是這裡出問題。」釋懷指著自己的太陽穴，接著摸摸她的胸口說：「但他這裡還愛著你。」江素娘臉上洋溢著幸福，微微笑，然後看著釋懷繼續指著胸口說：「我的學長這裡已經沒有我了。」

「我們現在一家團聚了，健康了，順利了，你難道不想留下來享受一下你辛苦的成果嗎？」素娘快速地比著手語問女兒。

「媽，再過幾個月，我就二十八了。我十四歲就到這裡來了。夠了。」釋懷語氣裡帶著無奈。

江釋懷望著母親眼眶轉紅，眼看就要哭了，不免有些心慌。這些年，她自認什麼都能忍，就只有母親發不出聲音的哭泣最能夠讓她屈服。可是這一次她不能允許自己心軟，更不允許心軟再度將自己軟禁。

「你們都要好好的。知道嗎？」釋懷握著母親瘦弱的肩膀說。「這不只是我的心願，也是你們的責任。我都照顧你們多久了。」

江素娘理解自己的女兒心意已定，用她粗糙乾癟的手背擦去臉上的兩行淚，掛上微笑，用唇語告訴釋懷：「媽媽懂了。媽媽謝謝釋懷這麼多年的照顧。」

～✳～

在江釋懷看來，一切看起來真的已經安排妥當。

父親顧浩天幸運地遇到一個好醫生，病情已經穩定了半年多，除了定期服用少量的精神藥物，每一個月到醫院檢查，並無出現太多精神分裂症的徵兆。母親江素娘也在顧浩天的醫生的推薦下，接受過心理評估，並準備接受言語治療。

非凡在鹿阱市讀書，揚言要和田妾妾一起努力學習，雙雙領個獎學金到國外唸書。爺爺奶奶則因為閒來沒事，把「食荒人」食堂後院的一大片草地轉換成小農場，專門栽種一些昂貴的蔬菜與香料。

「食荒人」食堂每一晚從十點鐘開放到凌晨一點，幫助暫時找不著工作而吃不起飯的鹿阱人，在他們身陷苦境時拉他們一把。「食荒人」食堂門口掛著一個牌子，上面寫著：「不管你是誰，只要你肚子餓，這裡就歡迎你。」

好多「食荒人」在找到工作之後，都會回到這裡進行回饋，有錢的出錢，有時間的給時間。漸漸地，「食荒人」在接下來的一年裡多了許多志願者，輪流在夜裡到城市各個角落去收集餐廳賣剩的食物和用不完的食材。

位於鹿阱市幾公里以外，原本叫作 *Sauver®*，前身是「馮大媽」麵館的「食荒人」食堂，給了還好好的食物第二生命，也給了還好好的「食荒人」第二生命，正如當年馮大媽給了釋懷他們三人第二生命一樣。

「希望我沒有辜負您，馮大媽。」釋懷對著夜空說。

~✳~

「都準備好了嗎？」江素娘用手語說。

「準備好了！」釋懷說著，就把大包小包重重地放到櫃檯上。

一顆又紅又肥的番茄從其中一個袋子裡滾出來，掉在地板上，摔個稀爛。番茄汁噴得到處都是。釋懷習慣性地撿起來，放到水龍頭下面沖一沖，心想，還剩一半，洗一洗就能吃了。母親阻止她，用手語問：「你忘了我們今天在做什麼嗎？」

釋懷笑了，只是有點心疼好好的番茄就這麼被浪費掉。江素娘明白事理地取了一個小碟子，把它拿過來，放進冰箱，示意可以待會再吃，但不是現在。

「是啦是啦，我們這一餐要吃的，都是最新鮮、最美麗的食物。」釋懷明白母親的心意。因為釋懷自從被趕離自己家之後，就沒有吃過母親親手為她一個人烹煮的任何一頓飯。

在馮大媽麵館裡，釋懷總必須等到客人走完之後才能吃飯，還剩什麼就吃什麼。有時麵館生意太好，只剩湯汁和一些肉碎，馮大媽、釋懷和母親就必須將就地吃；有時生意不好，留下太多麵條和肉塊，江素娘也不許釋懷吃太多，因為這些都是她製造小菜的材料。

開了 ***Sauver®*** 以後，釋懷則因為必須準備開始營業的事情，不能和一家人一塊吃飯。等到她忙完，飯菜已冷，胃口也盡失。華麗的菜單的料理釋懷就算嚐過，都是母親在實驗菜式時的一些失敗之作，食材大多數也都是一些被超市或餐館遺棄的材料，新鮮卻不算美麗。

如今開了「食荒人」食堂，江素娘終於有空給釋懷做菜了。可惜她今晚就走了。中午這一頓飯，算是江素娘給至親的女兒餞行。為了這頓飯，母女刻意一大早就到超級市場，選購架子上最昂貴，但也最漂亮的蔬菜，還特意到魚販那裡領回前一天就預定的，剛被撈上岸的，還飄揚著海洋味道的三文魚。母女預備今天要大快朵頤，享受品質最上等的、最新鮮的食物。

釋懷小心翼翼地切著剛買回來的果菜，一個個顏色鮮豔、豐滿，怎麼轉，怎麼看都沒有一處是被壓壞或者見不得人的。脆脆的，那麼多汁，淋上一點高級橄欖油、灑上一小撮上等海鹽應該就夠可口了。

重頭戲是那一尾新鮮的三文魚。這麼一大條價格可不菲。只見江素娘仔細地刮著魚鱗、挑骨刺，在初步切塊後，再切成刺身。釋懷雖然在餐飲業十幾年，卻沒機會吃過生魚片。這是她們的第一次。江素娘之前也從沒處理過刺身，整個步驟是從書上看來的。

終於等到生魚片上桌，母女倆興致勃勃地拿起筷子，夾了一塊放進嘴裡。

咬下去的第一口，釋懷笑了，感覺真是太幸福了。這是她第一次品嚐兩小時前還有呼吸的生物的肉。沒有比這更新鮮的魚肉了。

咬下第二口時，釋懷的笑容不見了，母親的眉頭也開始皺了。生魚的肉質富有彈性，口感和煮熟的魚肉大不相同。魚肉在被牙齒壓碎的瞬間噴出的汁水感覺鹹裡帶苦，稍微有點甜，但那股魚腥味和油味卻是怎麼也忽視不了的。

咬下第三口時，釋懷和江素娘都很有默契地將嘴裡的生魚片吐出來。真是吃不慣呀，怎麼都嚥不下口。釋懷要求母親將三文魚用油給煎熟，淋上檸檬汁再吃。

三文魚的魚皮在平底鍋裡被油煎得發出「劈啪！劈啪！」聲，香氣四溢，令人銷魂。釋懷差一點就忘了剛剛那一塊生魚片給自己製造的不良回憶。她吃過香煎三文魚，因為*Sauver*®有供應過。只是那時使用的三文魚，多半是冰凍的，不是新鮮捕獲的。供應商看在快過期了，減價賣給釋懷的。

江素娘捧上用檸檬片裝飾的香煎三文魚，看起來跟聞起來一樣美好。亮黃色的檸檬片上坐著一片金黃色魚皮、淺橘紅色肉身的三文魚，令人食指大動。兩人拿著叉子小心翼翼地往魚皮切下去，「咔嚓！咔嚓！」的聲音真是美妙，趕緊叉起一塊放進嘴裡。

咬下去的第一口，釋懷又笑了，感覺真是太幸福了。這才是她可以接受的三文魚的味道。誰讓她那麼孤陋寡聞，對生魚片習慣不來。

咬下第二口時，釋懷的笑容不見了，母親的眉頭也開始皺了。魚肉在被壓碎的瞬間感覺是比冰凍魚肉來得鮮嫩，但那股魚腥味和油味並沒有比冰凍魚肉來得少。

咬下第三口時，釋懷和江素娘都很有默契地將嘴裡的魚肉吞下去，然後放下叉子，有了共識：「食物就是食物，只要沒有腐壞，都是營養和能量的來源。」

說完，釋懷打開了冰箱，拿出剛剛被自己摔壞的番茄，咬下一口。